내 인생이다 임마

※ [임마]는 '잇츠 쇼 타임-마'의 줄임말로 장성규가 전하는 응원의 메시지입니다.
주의 : 인마 아님.
※ 이 책은 SNS에서 작가가 사용하는 특유의 문체를 살렸습니다.

내 인생이다 임마

지은이 장성규
펴낸이 임상진
펴낸곳 (주)넥서스

초판 1쇄 발행 2019년 5월 2일
초판 3쇄 발행 2019년 5월 10일

출판신고 1992년 4월 3일 제311-2002-2호
10880 경기도 파주시 지목로 5 (신촌동)
Tel (02)330-5500 Fax (02)330-5555

ISBN 979-11-6165-635-9 03810

www.nexusbook.com

내인생이다
임마

오늘을
버텨내는
우리들에게

모범관종 장성규 지음

넥서스BOOKS

kt***	장성규 실검 1위에 떠서 찾아봤는데 진짜 웃겨요. 배꼽 빠지는 줄.
∟ ad****	〈아는 형님〉에 〈프로듀서 101〉 장근석 씨 분장하고 나왔어요. 고개 살짝 숙이고 멘트 흉내 내는데 진짜 웃겨요.
∟ bok***	얼마 전에는 〈아는 형님〉에 나와서 자기가 보아 전 수석 안무가 '댄스 장'이래요. 보아랑 커플 댄스 추는데 잘 춰서 기절하는 줄. 장성규 정체가 뭡니까?
∟ ch***	JTBC 공채 개그맨입니다.
∟ be***	JTBC도 공채로 개그맨 뽑나요?
∟ Jak**	개그맨 아니고 공채 아나운서입니다. 개그맨처럼 웃긴 아나운서라고 해서 개나운서로 유명합니다. 너스레 떠는 게 장난 아닙니다. 타고난 듯.
∟ ssi**	인스타 보니까 JTBC 라이브 뉴스 쇼에 S.E.S 바다 분장하고 나와서 바다 보고 누나래요.

(장성규 본인 등판!)

∟ jangsk83 깨알 같은 관심 고맙다, 임마!

* 포털사이트 검색창이나 SNS에 내 이름을 검색하면 많이 보이는 댓글을 재구성했다.

어린 학생들은 〈아는 형님〉을 보고 나를 개그맨으로 아는데
JTBC 공채 아나운서로 보도국 소속이었다.
뉴스, 시사, 교양, 예능, 스포츠 등 다양한 프로그램을 진행했다.
현재는 새로운 도전을 꿈꾸며 2019년 4월 JTBC를 퇴직하고
프리랜서로 활동하는 방송인이다.

방송에서 보이는 모습과 달리 소심한 새가슴에 팔랑귀다.
학창 시절에는 왕따를 당해서 누군가와 친해지고 싶어도
친구 사귀기를 포기할 때가 많았고,
지지리도 안 풀리는 삼수 생활을 지나면서 또래보다 출발이 늦었다는
생각에 조급했고 못난 생각이 앞섰다.
누가 시키지 않아도 주제 파악을 하면서 나 자신을 귀하게 여기지 않았다.
누군가 내게 물었다.

"넌 꿈이 뭐야?"

어렸을 때부터 티브이에 나오는 사람이 되고 싶었다.

하지만 감히 내 주제에 꿈을 꾸면 안 될 것 같았고,

"네 주제에 무슨"이라는 말을 들을까 봐 겁도 났다.

그렇게 인생에 도움도 안 되는 '주제 파악', '분위기 파악' 하면서

스물여덟 해를 보내고 깨달았다.

살면서 한번은 생각하면 가슴 설레는 일을 해 보자고 말이다.

꼭 뭔가 되지 않아도 상관없다.

거창한 꿈 없이 하루하루를 살아가도 그 안에서 얼마든지

행복을 찾을 수 있다.

하지만 '생각만 해도 가슴 설레는 일'이 있다면

실패가 두려워 도전조차 하지 않고 포기하지는 않았으면 한다.

내가 나를 인정하고 응원하지 않으면 누가 그럴 수 있을까.

실패도 좌절도 겪을 수 있으니 하고 싶은 건 그냥 다 하기를.

그 안에서 성공하지 못해도

실패도 괜찮은 면이 있다는 걸

말해 주고 싶다.

관종이라도 괜찮아

국가대표급 소심쟁이답게 매 순간 대범해지려고 노력하는데 그게 잘 안 된다. 원고를 쓸 때도 머릿속에서 시시각각 온갖 갈등이 벌어졌다. '내가 책을 쓸 자격이 있나? 사람들이 네가 뭔데 책을 쓰냐고 하지는 않을까?' '이 정도 에피소드는 공개해도 될까…….'

결론이 나지 않으니 머릿속이 복잡했다. 수없이 많은 고민 끝에 생각을 솔직하게 정리하다 보니 마침내 완결에 도달할 수 있었다. 책을 쓴다는 건 관찰하고 분해하고 재배열하는 과정이었다. 사람에 대해서, 그리고 내 생각에 대해서.

이 책에는 왕따에서 전교 학생회장이 됐던 학창 시절, MBC 아나운서 공개 오디션 〈신입사원〉에 참가했던 에피소드, JTBC 아나운서 시절, 13만 팔로워들이 지켜봐 주는 내 SNS 그리고 사랑하는 가족 이야기를 담았다.

요즘 친구들은 어린 시절부터 꿈을 발견해서 다양한 경험을 채우며 꿈에 다가가려고 노력한다. 하지만 나는 어린 시절 부모님이나 선생님께 내 꿈을 말한 적이 없다. 결국 목표도 주관도 없이 씨름 특기생으로 중학교에 입학했다가 얼마되지 않아 씨름부를 탈퇴하기도 했다.

고등학교 시절에는 좋은 친구들을 만나 초등학교 반장도 못 했던 내가 전교 학생회장이 됐고, 전국 만담대회에서 1등을 하기도 했다. 그렇게 서서히 자존감을 회복하면서 내게 힘이 되어 주는 주변 사람들을 돌아볼 수 있었고 함께의 가치도 배울 수 있었다.

하고 싶은 일이 뭔지도 모르면서 무작정 열심히 살던 대학 시절, 은사님의 조언으로 뒤늦게 아나운서에 도전했다. MBC 아나운서 공개 오디션 〈신입사원〉에 참가했고 톱 5에 들었지만 최종 관문에서 탈락했다. 꿈에서 멀어지는 줄 알았을 때 기대하지도 못 했던 새로운 기회가 찾아왔고, 그렇게 JTBC 아나운서가 됐다. 내가 봐도 '헉!' 소리가 나는 촌스러움과 서투름의 바다를 지나 허우적대다 보니 겨우겨우 지금의 나에게까지 다다를 수 있었다.

유튜브에서 '장성규'만 검색해도 〈신입사원〉 시절 촌스러운 자태, JTBC 개국 초 한껏 점잖은 척해서 더 웃긴 모습, 〈아는 형님)에서 '장티처'로 다양한 분장을 한 채 아나운서가 하리라고는 상상하기 힘든 '드립'을 던지는 모습을 볼 수 있다. 지난 날의 나를 보면 모든 과정에서 저절로 겸손해진다.

매일 빼놓지 않고 쓰는 SNS 포스팅도 담았다. 관심을 먹고 사는 내가 실시간으로 사람들의 반응을 살필 수 있는 고마운 채널이기 때문이다. 유명 카페에서 한 설문조사에서 'SNS로 매력을 재발견한 스타(언제 봐도 황송한 타이틀이다)' 2위로 뽑힌 적이 있다. 1위가 유아인, 3위가 설리 씨였다. 기대에 부응하고자 하다 보니 욕심이 과해질 때도 있었다. 그래서 몇 가지 원칙을 정했다. 일단 술을 마신 상태에서는 올리지 않기. 그런데 결심을 하자마자 취중에 손석희 사장님과 찍은 사진을 하나 올렸다. 다행히 내용이 건전해서 지우지는 않았다. '사장님 얼굴에 먹칠하지 말자.' 말짱한 정신이었으면 소심한 내가 절대 하지 않았을 일이다.

마지막으로 이 책이 나처럼 아나운서를 꿈꾸는 사람들에게도 도움이 되었으면 하는 마음에 방송 에피소드도 담았다. 아나운서 준비생들이 SNS나 이메일로 조언을 구하기도 하는데, 정석대로 오래 준비한 경우가 아니라서 조심스럽기도 하다. 다만 지금 방송인으로 일하고 있으니 선배로서 작은 부분이라도 아나운서지망생들이 꿈을 이루는 데 도움이 된다면 기쁠 것 같다.

꾸준히 노력한다면 시간이 해결해 줄 거란 막연한 기대로 버티던 나날들이 지나고, 나를 지켜봐 주고 응원해 주는 사람들도 있다는 믿음이 생겼다.

학창 시절 나처럼 주제 파악하면서 자신을 귀하게 여기지 않는 사람이 있다면 그러지 않았으면 한다. 걸음을 디디기 힘들 만큼 팍팍한 세상살이, 그 틈에서 잘 살아내는 우리니까, 사랑받기 위해 태어난 사람들이니까.

모두 장성하라! 규!

#2 참가번호 1230번 신입사원 장성규

#3 내일도 최선을 다하는 장성규입니다

1

**오늘을 버텨내는
우리들에게**

사랑받기 위해 태어났는데
주제 파악 한답시고
내가 나를 사랑하지도,
믿지도 않았다.
나에게조차 버려진 나를
누가 사랑할 수 있을까.

그래서 이제는
나 없이 내 인생이 돌아가게
두지 않을 생각이다.

내 인생은
아무나 돌리고 싶을 때 돌리는
룰렛 판이 아니니까.

슈퍼 히어로를 기다리던 왕따

여러분, 제가 반장이 되면
실내화가 닳도록 일하겠습니다!

어렸을 때부터 사람들에게 관심받기를 좋아했다. 어른들 앞
에서 유행가를 부르거나 어른스러운 말을 하면 칭찬을 들었
는데, 그 주목받는 기분이 나를 설레게 했다. 친구들 사이에
서도 늘 분위기를 주도하고 싶어서 초등학교 때는 반장 선거
에 빠짐없이 출마했다. 그때마다 나름 야무진 공약(?)을 내걸
고 머리가 교탁에 박히도록 숙여 가며 선거운동을 했다. 안
타깝게도 반장으로 뽑히는 건 매번 다른 친구였지만……
초등학교 때는 반장을 한 번도 못했다. 슬프게도 그만큼 인기
있는 타입이 아니었다. 분명히 친구들은 내 이야기에 박수치
고 웃었는데……. 재미는 있지만 반장감은 아니라는 냉정한
평가였다. '알고 보니 내 편이 이렇게 없구나' 하는 마음에 매
번 무척이나 실망했다.

그런 일이 반복되니 열등감마저 생길 정도였다.

TV에 나오는 사람들은 내겐 늘 선망의 대상이었다. 어린 마음에 숟가락을 마이크 삼아 TV 속으로 들어가고 싶을 정도였다. 하지만 TV에는 똑똑하고 멋지고 인기 있는 사람들만 나올 수 있다고 여겼다. 그래서 내 길이라고는 생각하지 못했다. 대학교 시절, 발표 수업을 할 때 "성규는 방송 체질이다, 방송하면 잘하겠다"라는 말을 많이 들었다. 하지만 으레 하는 말이라고 생각해서 그 말에도 공감하지 못했다. 이때에는 무엇보다 인생에 도움 안 되는 주제 파악을 너무 많이 했다.

'나 같은 게 무슨, 오르지도 못할 꿈은 꾸지도 말자.'

나를 가장 아끼고 응원해야 할 내가 스스로를 깎아내린 셈이다. 초등학교 생활기록부를 봐도 그렇다.

'정리를 잘하고 이해력과 문제 해결력은 좋으나 발표 시 소리가 작고 자신감이 부족함.'

지금도 사람들과의 관계에 겁이 많다. 상대가 내 말을 들어주지 않을 것 같거나 내게 조금이라도 거부감이 있어 보이면 다가가지 못한다. 그만큼 거절에 대한 두려움이 크다.

'내 성격은 도대체 왜 이럴까?' 생각해 보니 어린 시절의 기억이 오랫동안 영향을 끼친 것 같다. 내가 어릴 때 부모님은 많이 바쁘셨다. 내 이야기를 잘 들어주거나 대화를 나눌 여유가 거의 없었다. 아이들은 늘 그렇듯, 처음에는 상대방에게 계속 말을 걸지만 무응답이 반복되면 마음의 문을 닫는다. 나 역시 어느 순간부터 부모님과의 대화를 포기하는 단계에 이르렀고, 부모님께 내 이야기를 하지 않게 되었다.

초등학교 5학년 때는 '왕따'를 당했다. 그때 자존감이 무너져서 자신감이 붙으려야 붙을 수가 없었다. 반 아이들 중 누구 하나 내게 말을 걸지 않았다. 내가 말을 걸어도 대꾸도 하지 않고 쳐다보지도 않았다. 말 그대로 투명인간처럼 무시했다. 동급생들보다 키도 크고 덩치도 커서 본의 아니게 아이들 사이에서 위협적인 존재가 되었고, 아이들은 그런 나를 좋아하지 않았다. 덩치도 큰 녀석이 친한 척한답시고 도시락 반찬이나 빼앗아 먹으니 대놓고 싫어하지는 못 하고 피했던 것 같다. 한번은 이런 일이 있었다. 동급생 넷이 막대기를 든 채 나를 둘러쌌다. 한 명이 내 다리를 치기 시작했는데 피하려고 다른 쪽으로 가면 다른 한 명이 또 뒤에서 나를 치면서 괴롭혔다. 마치 사자를 포획하듯 아이들 여러 명이 나를 둘러싸고 빠져 나갈 틈을 주지 않았다.

시간이 지나도 그때 일이 계속 떠올라 한동안 악몽에 시달렸다. 지금도 초등학교 때를 생각하면 항상 혼자 밥을 먹었던 기억이 떠오른다. 그야말로 자존감이 바닥이었고, 그렇게 한동안 아이들이 나를 사자 혹은 유령 취급하는 사건이 계속됐다. 그 시절 아이들 사이에서는 몸을 하나씩 겹쳐 노는 '샌드위치 놀이'가 유행이었다. 나도 하고 싶어서 그 무리에 다가갔다.

"나도 끼워 줘."

같은 반 아이들은 내 말에 대꾸는커녕 쳐다보지 않고 무시했다. 그래서 분한 마음에 선생님께 애들이 나만 빼고 논다고 일렀다. 하지만 아이들에게 더 심한 따돌림을 당하고 말았다. 친구들끼리 즐겁게 어울리는 게 부러웠고 끼워 주지 않는 게 억울해서 하소연한 건데 일이 그렇게 커질 줄 정말 몰랐다.

그 일로 반 아이들은 선생님께 혼이 났고 부모님들까지 호출되었다. 그런데 그 아이들은 나를 왕따시킨 적이 없다고 발뺌해서 마음에 더 큰 상처를 입었다. 그때의 충격이 아직도 선명할 정도로…….

어울리지 못하는 소외감, 아이들을 곤란하게 만든 것에 대한 미안함이 뒤섞여 한동안 교실에 들어가 아무렇지 않은 척 있을 자신이 없었다. 어린 마음이었지만 부모님께 내가 왕따를 당하는 걸 말씀드리면 슬퍼하실 것 같았다. 그래서 집에서 나올 때는 아무렇지 않은 척 더 밝은 목소리로 "학교 다녀오겠습니다!" 하고는 결석하고 학교 근처를 맴돌았다. 그렇게 한참을 방황하다가 좋은 담임선생님 덕분에 다시 원만하게 지낼 수 있었다.

그후 많은 사람들의 도움 덕분에 왕따에서 벗어났다. 어떤 부분은 시간이 지나자 자연스럽게 해결되기도 했다. 그런 상황을 벗어나기 쉽지 않다는 걸 나는 잘 안다. 어른도 당하면 힘든 게 왕따인데, 어린아이가 혼자서 감당하고 이겨 낼 수 있는 문제가 아니다. 그래서 주변의 도움이 절실하다.

그때는 그걸 전혀 몰라서 처음부터 선생님이나 부모님께 도움을 청할 생각을 하지 못했다. 그저 견디며 아무렇지 않은 척 혼자 슬퍼하는 게 전부였다.

왕따 이후에도 동급생들에게 '돼지'라고 놀림을 당해서 싸우는 일이 종종 있었다. 애들 싸움이라 아무도 심각하게 생각하지 않았고, 그러한 싸움에 이기다 보니 난데없이 '짱' 대접을 받았다. 밀림의 왕이 된 기분이었다. 어리둥절하면서도 이제 내 존재를 알아주나 싶고 무시당하지 않으니 그저 좋다는 생각을 했다.

싸움에서 이기니 자신감이 생겨났다. 나를 놀리는 동급생들과 자주 싸웠지만 용케 나쁜 길로 빠지지는 않았다. 그때 약간 붙은 자신감으로 친구 사귀는 일에 몰두했다.

왕따를 당해 봐서 약자라고 느껴지거나 외로워 보이는 친구가 있으면 먼저 다가갔다. 괴롭힘 당하는 친구를 보면 먼저 나서서 도와주기도 했다. 나도 당해 봤으니까……. 누구도 상대를 함부로 대할 권리는 없다. 그게 자기 자신일지라도.

중학교 때부터는 친구를 많이 사귀었다. 마치 초등학교 때 상처를 보상이라도 받으려는 것처럼 친구들과 뭉쳐 다녔다. 내가 먼저 친구들에게 다가갔다. 모범생이든 말썽꾸러기 친구든 마음을 터놓고 친해질 수 있다면 다 좋았다. 그러다 보니 양쪽에서 싸움이 나려고 하면 내가 중재해서 일이 커지는 걸 막기도 했다. 싸움 나기 직전에도 내가 나서면 다들 한발 물러나 자연스럽게 상황이 정리되기도 했다.

지금 생각하면 좀 유치하지만 곤란한 상황에 처한 친구를 도와줄 때, 마치 내가 슈퍼 히어로가 된 것 같았다. 슈퍼 히어로를 기다리기만 하던 내가 그만큼 달라졌다는 사실이 기뻤다. 그때부터 나도 누군가를 도와줄 수 있는 사람이라는 자신감이 생겼다. 스스로 가치 있는 사람이라고 느낄 때 자신감이 가장 높아진다는 것도, 그동안 무의식중에 스스로 나를 쓸모없는 사람이라 여겼다는 것도 알게 됐다.

나는 사랑받기 위해 태어났는데
내가 나를 사랑하지 않았다.
나에게조차 버려진 나를 누가 사랑할 수 있을까.

○ 오랜만에 트위터에서
○
● 내 이름을 검색했는데
가장 위에 뜬 트윗이 애정 어린 조언이었다.

'장성규 좀 닥쳐!'

물론 팬의 조언을 받아들이는 게 도리지만
닥치기 어려운 직업이라 고민이다.
어쩌면 좋을까?

#닥쳐#아나운서
#아닥운서

룰렛 판이 된 내 인생

어렸을 때 나는 또래보다 덩치도 월등히 컸고 꽃미남 스타일
도 아니었다. 잘생겼다는 말보다는 못생겼다는 말, 키가 커서
부럽다는 말보다는 뚱뚱하다는 말을 자주 들었다. 그런 말을
들으면 움츠러들었다.
내가 초등학교에 다닐 때만 해도 '다름'에 대한 이해와 존중이
별로 없었다. 그래서 내 신체 조건을 콤플렉스라고 생각했고,
초등학교 6학년 때 이 생각에 쐐기를 박는 사건이 있었다.

일단 4.5kg 우량아로 태어났다. 부모님은 내가 아무리 살이
쪄도 먹는 모습이 예쁘다고 하셨다. 내가 체중 관리를 하면
"네가 뺄 살이 어딨다고 그래" 하셨지만, 성인이 되어서 몸짱
이 된 나를 보고 흐뭇해하셨다.
중학교 때는 허리가 38인치였다. 키도 크고 덩치도 우람해서
운동선수 재목으로 보신 분도 계셨다. 초등학교 6학년 때 담
임선생님은 부모님과 운동부 진학을 논의하셨다. 의사 타진

보다는 권고에 가까웠다. 당시 공부에 관심이 없었고 친구들
과 어울려 농구하는 걸 좋아해서 운동부 진학이 싫지는 않
았다.

하지만 이후 담임선생님은 상담 차 방문하신 어머니께 내가
생각지도 못 했던 씨름부 입단을 권하셨다.

"선생님, 씨름부 말고 농구부에 들어가면 안 될까요?"

선생님은 내게 씨름이 적합하다고 하셨다. 놀라고 당황했지
만 선생님과 부모님의 뜻이라 거절하지 못했다.

그렇게 6학년 겨울방학부터 씨름부에 들어가게 됐다. 11월부
터 합숙 훈련에 들어갔지만 내게는 '언젠가
천하장사가 되겠다'는 야무진 목표도, 훌륭
한 씨름 선수가 되려는 의지도 없었다. 가슴
에 콤플렉스가 있어서 상의를 벗고 다니기
도 힘들었다. 상의를 벗는 게 너무 싫어서 밤
마다 훈련소에서 울곤 했다.

상의를 벗고 운동장에서 다 같이 뛸 때마다

또래보다 덩치도 키도 컸다.
왕따로 상처도 받았지만 편견이 없이 나
를 따뜻하게 챙겨 줬던 친구들이 있어서
좋은 기억도 많다. 보고 싶다 친구야!

살이 출렁거려서 창피했고, 선배들이 장난삼아 가슴을 만질 때에는 수치스러웠지만 싫다고 말도 못 하고 냉가슴을 앓아야 했다. 더구나 체급 때문에 삼시 세끼는 물론 밤 10시가 넘어서까지 음식을 계속 먹어야 하는 생활도 힘들었다.

지금도 동급생들에게 뚱보라고 놀림을 받는데 여기서 살이 더 찌면 내 곁에는 아무도 없을 것 같았다. 더구나 다른 운동부원들처럼 의지도 목표도 없으니 뭐든 제대로 될 리 없었다.

한번은 나보다 몸무게가 덜 나가는 '한라급'과 시합을 했는데, 제대로 해 보기도 전에 기술 한 방에 나가떨어져서 자존심이 몹시 상했다. 내겐 타고난 덩치와 힘은 있었지만 어릴 적부터 씨름을 배운 아이들과는 역시 상대가 되지 않았다.

곧 중학교에 입학했고 더는 씨름을 하기 싫을 만큼 괴로웠다. 충분히 고민하고 부모님과 선생님께 확고한 내 의지를 말씀드렸다면 부모님도 선생님도 함께 그 문제에 대해 다시 한 번 고민했을 텐데! 지금 돌이켜 보면 내 일인데 끌려가듯 결정하고 그 무게를 견뎠을 내가 참 답답하고 안쓰럽기도 하다. 그래서 이제는 나 없이 내 인생이 돌아가게 두지 않을 생각이다.

내 인생은

아무나 돌리고 싶을 때 돌리는

룰렛 판이 아니니까.

○ 이 사진을 본 하준이가 물었다.
○
● "아빠 뭐 하는 사람이에요?"

하준이가 많이 컸다.^^

#아들아#사랑해임마
#아들도#눈치보지말고#하고싶은거#해봐

한 번 솟아날 구멍을 찾으면
뭐든 할 수 있어

초등학교 때는 성적이 좋지 않았다. 공부를 잘하고 싶다는 생각도 별로 없었는데, 중학교 진학 후 공부를 해야겠다고 마음먹은 계기가 생겼다.

씨름 특기생으로 중학교에 들어갔지만 목표도 없고 재능도 없는데 씨름부에 남아 있는 것도, 그렇다고 특기생으로 들어간 씨름부를 탈퇴할 수도 없었다. 감독님은 그런 내가 안쓰러워보였는지 제안을 하셨다.

> "공부를 해 봐라. 성적이 월등히 오르면 씨름부 탈퇴를
> 고민해 보마."

말은 그렇게 하셨지만 큰 기대를 하지 않으셨던 것 같다. 공부에 관심도 없던 아이가 성적을 단기간에 올리는 게 쉬운 일은 아니니까. 하지만 그래서일까, 뱃속에서부터 오기가 생

겼다. 그런 오기에 씨름을 그만두고 싶다는 마음이 더해지니 집중력이 생겼다. 마음먹고 진도를 따라가니 2주 만에 반에서 3등, 전체 360명 중에서는 18등을 했다.

선생님도, 부모님도 성적표를 보고 놀라셨다. 감독님의 약속대로 씨름부를 떠나 일반 학생으로 돌아갈 수 있었다.

씨름부 탈퇴라는 목표 달성 후 도로 공부를 놔버려서 문제였지만! 막상 해 보니 공부가 어렵지 않았다. 시험을 앞두고 벼락치기를 해도 반에서 10등, 평균 85점 정도를 유지했다.

선생님들이 좋아하실 만한 모범생은 아니었지만, 성적이 오르니 약간 달리 보시는 것도 같았다. 공부로 자신감이 붙으면서, 겉으로 드러내지는 않았지만 속으로는 모두가 좋아하는 존재가 되고 싶었다. 친구들이 많고 선생님들이 칭찬하는 애들을 늘 부러워했다. 어떻게 하면 나도 그렇게 될 수 있을까 고민을 했지만 그때는 방법을 알지 못했다.

고등학교에 진학한 후, 누구나 좋아할 만한 대상을 머릿속에 그려 보고 흉내 내기로 했다. 선생님들께 큰 소리로 인사부터 열심히 했다. '일단 예의 바른 모습을 보이면 나에 대한 선입견이 깨지지 않을까?' 내심 기대했다. 다행히 효과가 있었다. 웃으면서 인사를 받아주시고 잔심부름을 맡기기도 하셨다. 작은 일이라도 해내면 칭찬도 해주셨다. 말썽꾸러기 혹은 문제아 이미지에 가까웠던 녀석이 담임선생님께 조금씩 인정받는 기분이란! 이때부터 지금까지 누가 뭐라 해도 지켜가는 실천 프로젝트가 있다.

'먼저 인사하기'.

인사, 얼마나 쉬우면서도 가치 있는 일인가.
회사 내에서는 물론이고 JTBC가 있는 상암동, 디지털미디어시티 내에서 마주치는 모든 사람들과 인사를 한다. 예전에는 인사를 받은 후 약간 멈칫하거나 어리둥절해하는 상대방 곁을 민망함을 풀풀 날리며 재빨리 지나가는 게 일상이었다.
하지만 이제는 먼저 인사하기가 이전처럼 쉽지 않다. 내게 먼저 인사해 주는 분들이 많이 생겨서다. 인사를 하고 함께 사진 찍기를 요청하는 사람들, 심지어 사진 찍는 나를 배경으로 사진을 찍는 사람들도 있으니 열심히 인사한 보람은 확실히 있다.

고등학교 때 '인사하기'로 선생님께 조금씩 인정받으면서 점점 더 나은 사람이 되고 싶어졌다. 성적이 반에서 10등 안에 들면서부터 공부 잘하는 친구와 함께 학원에 다니기 시작했다. 이 친구는 내가 삼수할 때 문제집 살 돈까지 대준 녀석이다. 녀석은 내가 미안해하지 않게 우스갯소리도 하곤 했다.

> "성규야, 돈 갚을 생각 말고 공부만 해라. 그 돈은 우리
> 학교 후배로 오는 걸로 갚아!"

녀석은 지금 어엿한 법조인이 된 징그럽게 멋진 놈이다. 한두 달 학원에서 녀석과 꾸준히 공부하니 성적도 오르고 공부도 재미있었다. 하지만 당시 집안 형편이 넉넉지 않아서 학원비를 내기 어려운 상황이 왔다. 부모님이 학원비를 못 주겠다고 하진 않으셨지만, 집안 분위기가 말이 아닌데 그 상황에 학원비 이야기를 꺼내기 어려웠다.

간혹 어른들은 아이들이 뭘 잘 모르는 줄 안다. 내 경험을 돌아보면 그렇지만은 않다. 아이들은 생각보다 분위기를 금방

읽는다. 물어보거나 대답을 듣지 않아도 그냥 안다. 아버지의 목소리나 어머니의 뒷모습을 보는 것만으로도.

물론 학원 다닐 형편이 되지 않으면 혼자서 공부하면 된다. 하지만 당시 나는 단기간에 점수를 올리고 싶었다. 공부 잘하는 친구 곁에서 배우려면 학원도 같이 다녀야 할 것 같았다. 혼자 고민 고민하다 학원 원장님께 면담을 신청했다.

> "저…… 원장님, 제가 학원비 낼 형편이 안 되는데 계속 다닐 수 있는 방법이 없을까요? 학원 다닐 친구들을 가능하면 많이 데리고 올게요."

단칼에 거절당하고 민망해질까 봐 걱정했지만 다행히 원장님은 내 말을 찬찬히 들어주셨다. 난 보답으로 그해 총 스무 명이 넘는 친구들을 학원으로 이끌었다.

원장님과의 상담 후 친구들에게 집안 사정을 말했다. 녀석들은 친구를 팔아먹는다며 놀렸지만 어차피 다닐 학원 너랑 다니겠다고 해 줬다. 친구들이 내 공부를 물심양면(?)으로 도와준 셈이다.

한 번 솟아날 구멍을 찾으니 약간의 면역력이 생겼다.
곤란한 상황을 당할 때 어떻게든
돌파구를 찾을 수 있을 거라고 생각하게 됐다.

이후 학교 등록금도 선생님께 집안 사정을 말씀드리고 면제
받았다. 상황이 절박하니 못할 일이 없었다. 선생님이나 원장
님께서는 어린 녀석이 돈 이야기를 꺼내는 모습이 안쓰럽기
도 하고, 어떻게든 잘 살아내려는 노력이 기특해서 도와주셨
던 것 같다.

성적도 오르고 평판도 좋아져 고등학교 2학년 때는 전교 학
생회장이 됐다. '초딩 반장'도 못했던 내가 학생 대표가 되었
을 때의 기쁨이란! 당시 총 세 명의 후보가 나섰고 총 3,000
여 명 중 2,400여 명에게 표를 받았다. 여느 어른들 선거 못
지않은 경쟁 분위기에서 지지 않으려 최선을 다했다. 물론 선
거 모든 과정에 함께한 친구들의 도움이 컸다.

학교 정문과 후문에서 매일 선거운동을 했다. 나를 응원해 주
는 친구들과 그 모습을 부러워하는 친구들이 있었다. 나에게
이렇게나 많은 친구들이 있다는 생각에 지하에 있던 자신감이

하늘까지 치솟을 지경이었다.

예전엔 누군가와 친해지고 싶어도 속으로 '애는 날 좋아하지
않겠지? 공부도 못 하고 외모도 별로고 뭐 하나 잘난 구석이
없으니까……' 이런 못난 생각이 앞서 지레 친구 사귀기를 포
기할 때가 많았는데 이즈음 그런 생각도 덜하게 됐다.
묵은 열등감에서 해방된 셈이다.

늘 힘이 되어 주던 고등학교 친구들 #센터고집 #주인공병

송인이 되면서 꿈꾸기 시작했던 친구 배치기와의 방송이 드디어 짱티비씨에서 이루어졌다. ♡ #짱티비씨 #죽마 #배치기

또래 상담, 다가가기

처음에는 마음의 문을 열지 않을 수도 있어.
화를 낼 수도 있겠지.
하지만 대화해 보는 거야. 진짜 친구라면 말이야.

얼마 전 하준이와 함께 봤던 애니메이션 '주먹왕 랄프 2'에 나
오는 말이다. 내게도 이런 경험이 있다.

고등학교 2학년 때 시에서 운영하는 복지센터에서 학생들을
대상으로 '또래 상담'이라는 교육과정을 운영했다. 내가 아나
운서라는 꿈을 찾게 도와주셨던 류부열 선생님이 지도 교사
였다.

또래 상담은 말 그대로 또래 친구를 배정받아, 어른들에게 말
하기 힘든 이런저런 고충을 듣거나 상담해 주는 프로그램이
다. 내가 누군가에게 힘이 되어 줄 수도 있다는 생각에, 시에
서 운영하는 복지센터 상담 교육과정 1기가 됐다.

선생님은 J라는 친구를 짝으로 정해 주셨다. J의 학생기록부

에는 이렇게 적혀 있었다.

  "폭력적인 성향이 있고 결석이 잦으며 성적도 낮다."

누군가가 이미 J에게 문제라는 꼬리표를 붙여 놓은 셈이다. 하지만 J를 직접 만나 보니 폭력적인 성향은 보이지 않았다. 다만 말을 걸어도 내게 도통 마음을 열지 않았다. 일단은 좋아하는 것이 있는지, 있다면 그게 뭔지부터 알고 싶었다. 친구를 사귄다는 건 그런 거니까.

다행히 J도 나처럼 농구를 좋아한다는 걸 알게 됐다.

  "같이 농구할래?"

농구 이야기를 꺼내니 그제야 비로소 말을 걸면 대답해 주는 정도가 됐다. 부모님과도 대화를 잘하지 않는 편이라니 어찌 보면 당연한 일이었다.

J와 조금 더 대화를 나눌 사이가 됐을 무렵 그의 집에 놀러 갔다. 방에 농구화들이 컬렉션 수준으로 즐비했다. 같이 운동

하고 컴퓨터로 이것저것 함께 보기도 하고 관심사를 신나게 말했다. J의 생일날에는 같이 신나게 놀고 그가 결석하면 집에 찾아가기도 하니 좀 더 친해질 수 있었다.

J는 어린 시절을 외국에서 보냈다. 그래서 내가 모르는 표현이나 문화를 물어보기도 하고, 다른 친구를 소개해 같이 만나기도 했다. 녀석은 차츰 밝아졌고 이후 모든 게 완전히 달라졌다.

선생님이 J의 학생부에 '성적이 낮다'고 쓸 정도로 J는 공부를 못하던 아이였다. 그런데 갑자기 중간고사 때 평균 90점을 받았다. 그 후로도 놀라움의 연속이었다. 알고 보니 J의 가족 전체가 엘리트로, 그 또한 그동안 공부를 안 했던 것뿐이었다. 고등학교 2학년 중간고사부터 성적이 계속 올라 누구나 가고 싶어하는 K 대학교 경영학과에 합격했다.

여기서 끝이 아니다! 4년 내내 장학금에 수석 졸업, 재학 시절 회계사 시험까지 패스했다. 녀석의 어머니께서는 성규가 은인이라고 우리 J를 살렸다고 고마워하셨다.

하지만 녀석은 그저 본래 자신의 모습으로 돌아가기로 한 것이다. 같이 놀고, 공부하고, 함께 기뻐해 줄 친구가 생겨서 말

추억의 주크 박스에서 DJ 규

이다. 내가 한 건 그 정도였다. 우리는 그냥 친구가 된 거다.

반대로 내가 재수에 삼수까지 하면서 어려울 때 녀석이 곁에서 위로해 주고 힘이 되어 줬다.

사실 대입에 실패하고 선뜻 J에게 연락하지 못했었다. '대학생이라 바쁠 텐데 내가 연락하면 부담스러울 거야.' 굳이 하지 않아도 될 주제 파악에 지레짐작까지 하며 쭈뼛거렸다.

하지만 J는 내 연락을 언제든 기쁘게 받을 준비가 되어 있었다. 공부에 도움이 되라고 동기들도 소개해 주고 내가 회계사 시험을 준비할 때는 자기 책을 물려줬다. 수험생이라고 만날 때 드는 돈도 늘 녀석이 냈다.

친구들 모임에서 같이 술 한잔을 하고는 우리 J는 내가 만들었다고 공연히 호기를 부리기도 했는데, 웃으면서 네 말이 다 맞다고 받아줘서 감동한 적도 있다.

우리는 지금까지 좋은 친구다. 매일 만나지는 못 하지만 만나면 그저 반갑고, 어떤 벽도 없다.

또래 상담 과정을 통해 나도 배운 게 있다.

'언제나 무슨 경우든 상대방의 입장을 먼저 생각하기.'

내가 J의 입장이었다면 어땠을지 생각해 봤다. 무슨 상담이랍
시고 찾아오는 낯선 녀석이 과연 반가웠을까?

당시 또래 상담사 자격으로 J를 만나러 갈 때 마음은 하나였다.
내가 J보다 나은 사람이라거나 도움을 줄 수 있는 존재라서가
아니었다. 친구가 되고 싶다는 마음 하나뿐이었다.

'나 나쁜 사람 아닌데 믿어 줄래?

너도 나쁜 사람 같지 않은데 혼자 놀면 심심하지 않아?

같이 말할 사람 필요 없어?

나는 자주 그렇거든.

늘 그렇지 않은데 옆에 누가 있으면 좋더라.

네가 지금 어떤 기분이든 괜찮아.

힘들 때면 바로 옆으로 올 수 있을 만큼의 거리에 있을게.'

입 밖에 내지는 않았지만 처음 J를 만나러 갈 때 이런 마음이
었다. 내 마음이 녀석에게 처음부터 통했는지는 잘 모르겠다.
한 번도 물어본 적은 없으니까.

"왜 그렇게 폐쇄적인 성격이 된 거야, 애들이랑 어울리지 않고

혼자 다니는 이유가 뭐야?" J에게 이런 질문을 했다면 아마 녀석은 더 마음을 열지 않았을 테고 우리는 친해질 수 없었을 거다.

흔히 대화할 때는 질문을 많이 하라고 하는데 질문도 질문 나름이다. 잘못 물어봤다가 영영 멀어질 수도 있으니까. 그때는 몰랐지만 또래 상담으로 가장 많이 성장한 사람은 바로 나였다. 그전까지는 반장감도 되지 못했던 내가 동아리 회장이 되고, 전교 학생회장이 된 것도 또래 상담으로 알게 된 친구 J의 덕이 컸다.

그렇게 함께하는 시간이 늘어나면서
녀석도 내 말을 들어줘 보기로,
나의 마음을 일단 받아주기로 했던 것 같다.
친구가 된다는 건 그런 거니까.

○ 〈아는 형님〉 녹화를 기다리는데
○
● 한 중국 팬께서 수줍게 다가왔다.
그녀는 내게 선물을 건넸다.
난 일단 받아주기로 했다.
국경을 거슬러 팬심을 나눈다는 건 그런 거니까.
고마운 마음에 이런 대화를 나눴다.

나: 셰셰 워아이니♡
그녀: 김희철 오빠한테 전해주세요
나: 짜이찌엔

나는 중국어로 그녀는 한국어로
그렇게 우리는 훈훈한 담소를 나누고 헤어졌다.

#아는형님
#한중외교
#중국팬님의선물
#알고보니
#남의팬
#남의선물
#희철이에게
#전달완료

김수한무 거북이와 두루미
삼천갑자 동방삭 그리고 보아

친구도 많이 사귀고 선생님들께도 인정받으면서 자신감이 생겨 고등학교 때는 '전국 만담대회'에 출전하게 되었다. 우리나라 만담의 대가로 유명한 고(故) 장소팔, 고춘자씨가 만드신 '만담보존회'라는 단체에서 주최한 대회이다. 친구와 2인 1조로 나가 전국 1위를 했다.

고등학교 2학년 때라 도전자 중 가장 막내였다. 만담 특성상 연배가 있으신 분들이 대다수였다. 젊은층은 20대 중후반 정도로 주로 개그맨이 되려고 준비하는 사람들이라 무대 경험도 우리보다 많았다.

결선에는 총 스무 팀이 출전했다. 관중은 700여 명이 모였는데 대부분 50대에서 60대 어르신들이라 과연 이분들을 우리가 재미있게 해드릴 수 있을까 궁금하기도 하고 긴장도 됐다. 먼저 만담을 선보인 다른 형이나 누나들의 무대를 주의깊게 봤다. 우리가 봤을 때 재미있었는데 객석에서의 반응이 미미

할 때가 많았다. 어르신들 보기에는 너무 말이 빠르고 이해하기 어려우셨나 싶어 어르신들이 익숙해하실 만한 단어와 후렴구를 섞었다. 다행히 세상에서 가장 긴 이름 '김수한 무 거북이와 두루미 삼천갑자 동방삭'에서 빵빵 터지는 호응을 얻었다.

역시 친숙한 요소를 넣은 것이 주효했고 무엇보다 아직 어리디어린 녀석들의 애를 써가며 하는 모습을 신통해하시는 것 같았다. 무엇보다 만담에 관심을 가지고 노력하는 모습에 좋은 점수를 주신 것 같다.

경험 많은 경쟁자들을 제치고 어르신들과 즐겁게 하나가 됐다는 것 외에도 기쁜 일이 이어졌다. 1위를 해서 상금을 받았는데, 어떻게 할까 고민하던 차에 같은 반에 집안 형편이 조금 어려운 친구에게 주기로 마음먹고 담임선생님께 상의드렸다.

"학생에게 그만한 금액은 좀 부담스러울 수도 있고, 열심히 노력한 너희도 서운하지 않도록 상금의 절반만 전달하자."

너무 착해서 반 친구들이 좋아하던 녀석이었는데, 그 친구에게 뭔가 해 줄 수 있어서 대회에 나간 보람을 느꼈다.

만담대회 우승 후 EBS 라디오방송에도 출연했다. 난생처음 방송에 대한 두근거림을 느꼈다. 그때는 그 설레는 마음을 미래의 꿈으로 바로 이어가지는 못 했다. 방송을 보면서 그 세계를 동경했지만 너무 화려해 보여서 감히 꿈조차 꾸지 못했던 때였기에.

어른들이 가리키는 방향으로,
다른 사람들이 가는 대로 따라갔다.
그렇게 살면 순탄하고 무난할 거라고 생각했다.
그렇게 스물여덟 해를 안정된 삶을 찾아 헤맸다.
그게 뭔지도 잘 모르면서……

삼수까지 해서 뒤늦게 대학생이 되었고, 공무원 시험도 이렇다 할 결과를 내지 못했다. 자존감은 한없이 바닥을 쳤고 자격지심에 잘나가는 친구를 질투하기도 했다. 친구들이 날 무시하는 것 같아 불쑥불쑥 화가 나기도 하고, 내 처지를 생각하면 괜히 슬퍼지기도 하면서 감정이 널을 뛰기도 했다.

지금은 좋아하는 일을 하고, 생활도 어느 정도 자리 잡고 보니 당시의 자격지심의 원인이 나였음을 안다. 다른 누군가가 날 무시해서가 아니라 내가 날 믿지 못해서 끊임없이 나를 괴롭혔던 거다. 그때는 왜 그렇게 내가 나를 박하게 대했는지 나 자신에게 미안해질 지경이다.

나를 다른 사람과 습관적으로 비교하며 괴롭혔다가, 이를 악물며 나중에 '두고 보자' 하던 때가 지금도 떠올라 쑥스럽다. 생각을 바꾸니 친구들과 묵은 오해를 잘 풀 수 있었다. 물론 일부러 나를 힘들게 한 사람도 있겠지만, 그런 것까지 생각하면 나를 갉아먹는 느낌이라 더는 그러지 않기로 했다. 그냥 '저 사람은 그럴 수 있겠구나', '그런 생각을 할 수도 있지' 하고 넘겨 버리기로 했다. 아마 사회생활을 하면서 조금은 성장했나 보다.

스승의 날 인사를 드릴 겸 류부열 은사님을 찾아뵈었다. 회계사 시험을 준비한다고 말씀드리니 회계사가 되면 행복할 것 같으냐고 물어보셨다. 놀랐고 당황했다. 얼떨결에 "잘 모르겠어요"라고 말했다. 그렇게 말하고는 그간 나의 진로에 대해 진지하게 생각해 보지 않았다는 걸 깨달았다. 앞으로의 인생이 달렸는데 잘 모르겠다니 민망하고 부끄러웠지만 인정할 수밖에 없었다. 솔직히 말하면 행복하게 잘할 수 있는 일에 대해 고민조차 해 보지 않았다. 회계사는 누구나 알아주는 전문직이고, 경제학과 선후배들이 많이 하니까 당연히 해야 한다고만 생각했다.

그때의 나는 삶의 방향 없이 분주하기만 했다.
심지어 열심히, 바르게 잘 가고 있는 줄 알았다.

은사님은 당황하는 나를 보고는 말씀하셨다.

    "성규야, 아나운서가 되면 어떻겠니?"

선생님은 어떻게 나도 모르던 내 속을 읽으셨을까, 밤새 고민했다. 그런 조언을 들을 줄은 생각도 못 했다. 하지만 나를 오랫동안 지켜봐 주셨던 분이자 존경하는 분의 조언이라 진지하게 생각했다.

고등학교 때는 교회 내 크고 작은 행사 진행을 맡는 일이 꽤 많았다. 문화제나 축제에 나서서 내가 하는 말에 사람들이 재미있어 하면 신이 나서 몇 날 며칠 밤새 준비해도 힘든 줄을 몰랐다. 좋아하다 보니 뭐든 적극적이었다.

재미있는 놈이라는 소리를 많이 들었다. 선생님은 그걸 눈여겨보시고 오랜 시간이 지나서도 기억하고 계셨던 거다. 참 감사한 일이다. 제일 친한 친구에게 내가 방송인이 된다면 어떨 것 같냐고 물었다.

"네가 여태 말한 꿈 중에 제일 네 것 같다."

선생님께서 내게 가능성을 보셨다는 뜻이고 친구도 응원해 주니 용기가 났다. 어릴 적 기억을 되돌려 보니 내가 진짜 즐겁게 할 수 있는 일, 행복해질 수 있는 길이라는 생각도 들었다.

선생님의 질문에 만약 내 마음을 솔직하게 말씀드리지 않고 마냥 순조로운 척, 듬직한 제자인 척했더라면 어떻게 됐을까? 아 생각만 해도 아찔하다. 역시 사람은 정직하고 봐야 한다.

'그래! 나도 내가 좋아하는 일, 생각하면 가슴 설레는 일에 도전해 보자.' 이런 결심을 했을 때는 이미 스물 하고도 여덟 살이었다. 꼭 아나운서가 아니라도 어디서든 마이크를 잡을 수 있는 사람이 된다면 상관없다고 생각했다. 신기하게도 초조한 마음이 들거나 겁이 나지 않았다. 아이러니하게도 그런 마음은 자격증 시험을 준비하던 이십 대 초중반에 훨씬 크게 느꼈다. 스물여덟 해를 꿈 근처에서 서성이기만 했는데, '해 보자' 결심하니 두려움도 거칠 것도 없었다.

큰별쌤으로 유명한 최태성 강사가 했던 '동사의 꿈을 꾸라'는 말에 내 꿈을 대입해 보았다. 마이크를 잡은 나를 상상하면 더는 초조할 것도 불안할 것도 없었다. 그런데 회계사나 공무원이 꿈이었을 때는 머릿속에서 그 단어만 맴돌 뿐 어떤 설렘도 없었다. 누구나 되고 싶은 번듯한 직업이지만 내게는 아니었던 거다. 늘 두려웠고 남들보다 빨리 가고 싶었지만 제자리만 맴돌았다.

그러나 꿈이 명사가 아닌 동사가 되니 늦은 나이일지라도 도전이 두렵지 않아졌다. 비로소 그 꿈이 빛나기 시작했다.

○ 2000년 고 2 가을.
○ 나는 전국 만담대회에서 대상을 받고
● EBS 라디오에 게스트로 초대받았다.
그곳엔 또 한 명의 게스트가 있었는데
이제 막 데뷔한 중2 가수라고 했다.

"오빠라고 불러요"라는 나의 말에
"죄송합니다"라고 답하던 귀여운 소녀.
그랬던 그녀는
아시아의 별, 가수 보아가 되었다.

그리고 우리는
〈아는 형님〉에서 다시 만났다.

#응답하라2000
#아시아의별#보아
#그리고
#JTBC의별#뭘보아
#18년만의#재회
#아는형님

2

참가번호 1230번
신입사원 장성규

괜히 시간만 보냈다.
진작 해 볼 걸.
실패해도 내가 좋아서 한 일이니
억울할 것도 없고,
인생 끝나는 것도 아니었다.
닫힌 문 뒤의 열린 문이라는
말을 그때 경험했다.

원래 걱정은 먼저 하는 게 아니라고 했는데
그걸 스물여덟 살이 되어서 알았다니.
하다 보면 다 해내게 되어 있고,
하다 보니 지금까지 왔다.

그래서 이제
나를 믿어 보기로 했다.

반대와 찬성 사이

'아나운서에 도전하겠다'는 결심이 서니 당장 행동으로 옮기고 싶었다. 하지만 부모님께 내 결심을 말씀드리려니 고민이 앞섰다.

삼수를 해서 남들보다 출발도 늦고, 회계사 시험을 준비한 지도 1년이 다 되어 가는데 또 다른 도전을 한다니……. 이미 나는 또래보다 여러모로 뒤처져 있었다. 내가 부모님이라도 걱정될 것 같았다. 그래서 며칠을 더 고민하다 작심을 하고 부모님께 이야기를 꺼냈다.

"엄마, 회계사 시험 그만두고, 아나운서 준비를 하고 싶어요."

부모님은 놀라셨는지 선뜻 허락해 주지 않으셨다. 아나운서는 어른들이 보시기에도 번듯한 직업이라 한 가닥 기대를 걸었는데 끝내 허락도, 응원도 받을 수 없었다. 이제야 간신히 가슴 뛰는 꿈을 찾았는데 처음부터 반대에 부딪히니 조금은 서운한 마음이 들었다.

부모님은 안정적이고 번듯한 길을 갑자기 포기하고 불안한 길로 가려는 아들이 걱정스러우셨을 것이다. 이십 대 초부터 아나운서를 준비해도 합격할까 말까인데, 이십 대 후반에 그동안 준비한 걸 다 그만두고 아나운서 시험을 준비하겠다니…….

하지만 결심은 이미 섰다. 우선 아나운서 전문 교육부터 받기로 했다. 아나운서 준비 과정을 여기저기에 물어보고 교육기관을 알아봤는데 학원비가 가장 절실했다. 그러나 아직 학생이었고 시험공부 하느라 모아둔 돈은 거의 없었다.

회계사를 준비할 때 돈을 조금이라도 아껴 보려고 독서실 총무 아르바이트를 한 게 고작이었다. 학원비가 절실했지만 그때까지 부모님께 뭐 하나 똑 부러지게 하는 모습을 보여드린 적이 없어서 부모님께 손을 벌리기에는 면목이 없고 다시 설득할 엄두도 나지 않았다. 그렇게 한참을 고민하다 누나를 찾아갔다. 기댈 곳은 누나 그리고 매형뿐이었다.

"아나운서에 도전해 보면 어떨까?"

"성규야 딱이다! 너와 뭔가 어울리는데? 도전해 봐!"

"누나…… 그럼 돈 좀."

다행히 누나와 매형은 아나운서가 나와 잘 어울릴 것 같다고 응원해 주었고, 누나와 매형에게 학원비를 빌려 가까스로 부모님 몰래 아나운서의 꿈을 꿀 수 있었다. 누나와 매형을 찾아가기 전에는 응원보다는 걱정을 들을까 봐 내심 걱정했는데, 내 꿈을 응원하고 빠듯한 살림을 쪼개어 학원비까지 선뜻 내주었다. 그때의 고마움은 지금까지도 늘 간직하고 있다.

사실 매형을 누나의 남자친구로 처음 만났을 때는 조금 방어적으로 대했었다. 누나가 결혼할 사람이 어떤 남자인지 모르니 궁금하기도 했고, 괜스레 걱정이 들기도 했다. 경찰이라는 직업답게 우직한 형님 포스(배우 마동석 씨 스타일이다)라 누나에게 다정다감하게 잘해 줄까 싶었다. 동생인 녀석이 무슨 큰 오빠처럼 굴면서 이것저것 캐물어댔으니 매형은 그때 아마 속으로 좀 웃으셨을 것 같다.

매형과는 시간이 한참 지나서야 친해졌다. 따로 만나 밥을 같이 먹기도 하고 술도 한잔하면서 내가 삼수를 했고, 공무원에 회계사 준비를 하는 것도 이야기하게 됐다. 매사 자신이 없고 불안한 시기였는데, 매형은 내 처지를 걱정하며 가르치려고 하기보다 늘 격려해 주었다.

"성규야, 너는 정말 잘될 것 같아. 그런 생각이 들어. 걱
　　정하지 말고 하고 싶은 거 해 봐. 뭘 해도 잘될 테니까."

요즘은 같이 술을 마실 때면 "거 봐라, 그때 내가 잘될 거라고
했지?" 하면서 웃는다. 나는 매형에게 어떻게 그때 그렇게 나
를 높이 평가해 주었냐고 물었다.

　　"느낀 대로 말했을 뿐이야. 현재 보이는 모습이 다가 아
　　니니까. 진부한 말 같지만 너를 믿어 봐."

칭찬받기 좋아하는 내가 이런 매형을 어떻게 안 좋아할 수 있
을까. 아나운서가 된 후로 가끔 내게 영상통화를 해서 "내 동
생. 아나운서 장성규!"라며 동석한 친구나 동료들에게 자랑
을 하기도 한다. 그러고 나서는 한참 있다가 다시 전화해서
바쁜데 방해해서 미안하다고 고맙다고 웃곤 한다.
그런 모습이 꼭 친형 같다. 자존감이 바닥이었을 때는 매형이
그 어떤 격려의 말을 해도 그냥 하는 말 같았는데, 돌이켜보
니 매형은 매 순간 나를 진심으로 대했었다. 미안하고 고맙다.

친남매인 누나보다 매형 이야기를 더 하다니, 누나가 어린 시절처럼 나를 혼낼 것 같다.

누나는 아들 귀한 집에 장녀로 태어나 뭐든 내게 양보했다. 맏이니까, 누나니까 양보했겠지만 생각해보면 누나도 어린아이였는데 마냥 괜찮았을 리 없다. 돌아보면 내가 아들이라고, 첫째인 누나가 받아야 할 어른들의 사랑까지 독차지하다시피 하는 상황이 참 싫었을 것 같다.

부모님이 바빠서 우리 남매를 돌보지 못하실 때는 누나가 나를 챙겨 주었다. 어릴 때라 세세하게 기억나진 않지만 말 안 듣는 어린 남동생을 챙기느라 아마도 꽤 고생했을 것이다. 서로 좋아하면서도 남매간이 늘 그렇듯 싸우기도 많이 싸웠다. 하지만 밖에서 내가 누구한테 맞고 들어오면 누나가 나서서 대신 싸워주곤 했다. 어릴 때 누나와 태권도장을 같이 다녔는데 검은 띠 고단수인 형 하나가 나를 유독 괴롭혔다. 하루는 억울한 마음에 누나에게 일렀더니 바로 그날 도장에서 누나와 그 형의 난타전이 벌어졌다. 정식 대련이 아닌 아이들의 막싸움이었지만, 내 눈에 비친 누나의 모습은 마치 전장에서 용맹하게 싸우는 전사 같았다.

그 형이 맞기도 하고 때론 누나가 맞기도 하면서 엎치락뒤치락했다. 그 형이 무서웠지만 누나가 걱정돼 나도 힘을 보태 그형을 공격했다. 서투른 공격이었지만 갑자기 남매가 협공을 하니 놀랍게도 그 센 형이 울기 시작했다. 그렇게 어이없이 승리를 쟁취한 이후 아무도 우리 남매를 건드리지 못했다. 누나는 용감했다.

누나를 떠올리면 고마운 만큼 미안함이 크다. 누나가 나를 보호해 주던 어린 시절을 떠올려 보니 이제는 내가 누나를 보호할 차례인 것 같다. 이미 듬직한 매형이 곁에 있지만.

그렇게 누나와 매형의 도움으로 아나운서 전문 교육기관에 들어갔다. 그곳에서 수업을 받아 보니 '내가 진짜 원하던 게 이런 거였구나' 싶어 하루하루가 즐거웠다. 편하게 마음먹고 열심히 연습하자 실력도 빨리 늘었다. 방송 아카데미에 강의를 오신 현직 아나운서 선배들로부터 잘한다는 칭찬을 들었고, 독특하고 이미지도 괜찮다는 평가도 받았다. 그렇게 현장 추천을 받을 수 있는 기반이 잡혀 갔다. 일찍 번듯한 방송사에 합격하는 게 어렵다면 차근차근 리포터부터 시작해 인정을 받는 것도 괜찮다는 생각이 들었다.

기본 과정을 한 달 남짓 배우다가 실습과 실전 위주의 방송 아카데미 최상위 정예반 면접을 보게 되었다. 정예반은 소수 집중 방식이라 자체적으로 오디션을 거친다. 일단 기본 과정을 수료해야 하고, 방송 경험도 있어야 지원할 수 있다. 애초부터 난 지원 자격이 없었던 셈이다.

그런데 어디서 용기가 났는지 '되든 안 되든 한번 해 보자'라는 마음이 생겨 지원해 보았다. 또래보다 출발이 늦은 만큼 빠른 부분도 있어야 한다는 생각에 무리수를 둔 것이다.

지원은 했지만 TV 방송 경력은커녕 학교에 다닐 때 방송반을 한 적도, 대학생 인턴 방송 경험을 한 적도 없었다. 없는 방송 경험을 거짓으로 만들어 낼 수도 없고……. 그러나 '찾으면 길이 있다'고 했던가! 그때 만담 대회 기억이 떠올랐다.

'방송 경험? 어! 나 있다. EBS 라디오! 좋아~ 됐어.'

고등학교 때 만담 대회에서 1위를 하고 라디오에 출연한 적이 있는데, 그것도 방송 경험이 될 수 있다고 생각하니 한 가닥 희망이 생겼다. 형식적인 조건은 채웠지만, 사실 기본 과정 수업도 다 받지 않은 상황이라 면접에 들어서면서도 맨땅에 헤딩

하는 기분이었다.

하지만 심사위원은 적극적인 면을 높이 평가해 주셨고, 결국 면접에 합격해서 장학생 개념의 전문반에 들어갈 수 있었다. 이렇게 감사한 상황에서 공부와 훈련을 게을리할 수는 없었다. 먼저 훈련 중인 전문반 친구들을 따라잡아야 한다는 생각에 눈에 불을 켰고, 한 번 배운 내용은 반복해서 연습했다. 처음에는 방송 경력이 있는 전문반 친구들과 실력 차이가 났다. 나보다 실력이 월등한 사람들과 같이 연습한다는 것 자체가 왠지 눈치 보이고 긴장이 됐다. 그만큼 저 친구들을 따라잡으려면 한참 더 해야겠구나 싶어 한 달 정도 집중 연습을 하니 어느 정도 수업을 따라갈 정도가 됐다.

방송아카데미는 연설을 생활화하는 곳이었다. 발표 수업은 늘 있었고 칭찬이라도 받는 날이면 날아갈 듯이 기뻤다. 준비를 제대로 하지 못하거나 발표가 어설퍼서 반응이 좋지 않으면, 스스로에게 너무 화가 나서 연습을 몇 번이고 더 했다. 누가 시키지 않아도 저절로 그렇게 몸과 마음이 움직였다. 그때 내가 이 일을 정말 좋아한다는 걸 깨달았다.

그 후 한 달 만에 MBC 창사 50주년 특별기획 아나운서 공개 채용 프로그램 〈신입사원〉의 공고를 접했으니, 타이밍이 참 좋았다. 아나운서를 채용하는 오디션 프로라니 설렜다! 그런 프로그램은 전례가 없었고 기다린다고 오는 기회도 아니기 때문이다.

아직 대학교 재학 중이었고 무려 4학기나 남은 상황이었다. 방송사 공채를 준비하려면 1년 반은 더 공부를 해야 했는데 마침 이런 기회가 있다니 얼마나 반갑고 신기하던지. 마치 '이 길이 내가 갈 길이라 잘 풀리나?' 하는 생각마저 들었다. 아나운서를 준비한 지 얼마 되지 않아서 떨어져도 경험일 뿐 잃을 건 없다는 생각에 바로 지원을 했다. 이제는 '내 주제에 무슨 아나운서' 이런 인생에 도움도 안 되는 주제 파악 따위는 안 하기로 했으니까.

이제는
'내 주제에 무슨 아나운서'
이런 인생에 도움도 안 되는 주제 파악 따위는
안 하기로 했으니까.

○ 아나운서지만 예능이 좋다.
● 그래서 〈아는 형님〉 제작진이
  부르지 않아도 나는 간다.

참가번호 1230번, 신입사원이 되고파 뛰어든 〈신입사원〉

나의 이야기에서 MBC 〈신입사원〉을 빼놓을 수는 없다. 최초로 장성규라는 이름과 얼굴을 알리고, 노량진 고시촌에 틀어박혀 공부하던 평범한 휴학생에게 팬클럽까지 만들어 준 고마운 프로그램이니까.

〈신입사원〉은 MBC 창사 50주년 특별기획으로 아나운서를 공개 채용하는 프로그램이었다. 스물여덟, 절박한 취업 준비생으로 뒤늦게 〈신입사원〉에 도전했다. 원서를 접수하고 보니 겨우 세 명 뽑는 자리에 5,500여 명이 지원했다. 상황이 이쯤 되니 저절로 마음이 비워졌다.

5천 명이 넘는 사람들을 다 이기고 최후의 승자가 된다는 생각은 언감생심. 아나운서 공부를 시작한 지 두어 달이 됐을 때라 목표를 높게 잡을 수 없었다. 양심은 있었던 모양이다. 첫 목표는 1차 테스트를 통과하는 것으로 잡았다. 학원에서 카메라 앞에 서는 연습은 충분히 했으니까.

1차 테스트는 가볍게 통과! 벌써 첫 번째
목표를 달성했다(학원 다닌 게 소용이 있었
군). 서둘러 다음 목표를 세워야 했지만 그
럴 수 없었다. 다음 테스트에 필기시험이
있었기 때문이다. 아나운서 필기시험은 어렵다고 소문이 자
자했고 게다가 나는 필기시험 준비를 거의 못한 상황이라 자
신이 없었다.

그렇게 마음을 비우고 시험장에 들어갔다. 하지만 전 국민을
대상으로 하는 오디션 프로그램이다 보니 필기시험을 아나
운서 준비생 수준에 맞추기보다는 우리말에 대한 기본만 확
인하는 정도로 제한했다. 아무래도 필기보다는 각종 미션 등
에 더욱 무게를 두는 듯한 모양새였다.

그래도 막상 합격자 발표 시간이 다가오자 초조했다. 학교 컴
퓨터실에서 친구들과 함께 합격자 번호를 순서대로 손으로
짚어 내려가며 명단을 확인했다. 내 참가 번호 '1230번'을 찾
아서 시선을 내리다 1,000번대가 지나가고 마침내 필기 합격
자 명단에 내 이름이 있었다! 비로소 부모님께 사실을 털어
놓을 수 있게 되었다.

"엄마 나 TV에 나올 것 같아! 아나운서 합격자 64명 안에 들었어!"

아나운서 준비를 한다는 걸 까맣게 모르셨던 엄마는 말을 잇지 못하셨다. 일단 1차 목표를 이뤘고 부모님께 더는 숨기지 않아도 되니 무거운 짐 하나를 내려놓은 기분이었다. 아나운서를 준비한 지 3개월 남짓 된 나는 그렇게 소박하지만 진지한 도전을 시작했다.

행여 '늙은 막내'가 될까 봐, 새내기다운 패기를 보여 드리려 노력했는데 단숨에 '똘끼'로 유명해졌다. 처음에 내 모습은 준프로들 틈에서 아주 어설펐다. 학창 시절에 방송국 동아리 활동도, 관련 경험도 전무해서 세련되지는 못 했지만, 그런 신선함이 당시 내 역할이자 강점이라고 생각했다. 다행히 매체로부터 '새로운 미디어 생태계에 최적화된 유형의 방송인감'이라는 호평을 들었다. 자신감이 없었던 내게 희망을 줬던, 지금도 잊을 수 없는 칭찬이다.

동시에 뭐든 너무 지나치다는 평도 들었다. 그 평가 역시 잘 새겨듣고 과한 행동을 할 때마다 스스로를 돌아보았다.

〈효리네 민박〉 이상순 사장님 느낌 아니까, 손가락까지 디테일하게.

다음 고비는 기사 원문 읽기와 상자에서 제시어를 뽑아 자신의 경험을 녹여 발표하는 순발력 테스트였다. 평소에 순발력이 별로 없다고 생각했는데 아카데미에서 1분 스피치를 워낙 자주 해서 반응 속도가 제법 빨라졌다. 어떤 주제든 어떤 말이든 일단 던지고 이야기를 시작하면 어떻게든 스토리가 만들어져서 참 신기했다. 나도 몰랐던 잠재력을 실시간으로 확인하는 기분이었다.

나는 '나들이'를 뽑았는데, 사랑하는 사람과의 나들이를 소재로 이야기했다. 의미 있는 메시지를 전달해야 한다는 생각에 내가 경험하지 않은 이야기를 만들어서 할 수는 없었다. 그보다는 내 이야기를 해야 편하기도 하고 그래야 듣는 사람들도 공감할 수 있을 것 같았다. 진심은 투박해도 어디서든, 어떤 주제든 통하는 법이니까.

나를 표현하는 사진과 글짓기 테스트도 있었다. 제목은 '사랑의 바보'였다. 첫사랑 때문에 재수를 했고 두 번째 만난 여자 친구 때문에 삼수를 했다는 스토리였다. 분위기는 좋았지만 만만치 않은 상대와의 대결이었다. 상대는 연륜과 경험이 많은 분으로, 그분도 적지 않은 나이에 꿈을 향해 도전하셨다. 프로그램 기획 의도에 걸맞는 분이셨다.

그 대결에서 '각자의 기회를 서로에게 양보할 수 있는가'라는 굉장히 어려운 질문을 받았던 기억이 난다. 상대는 "장성규 씨는 또 기회가 있겠지만 제게는 이 순간이 마지막 기회입니다"라고 호소했다. 나이가 있는 분이다 보니 그 대답에 내 고개가 다 끄덕여질 지경이었다. 어두워지는 내 표정을 보더니 심사위원들은 "기회를 양보하시겠습니까?"라고 물었다. 머릿속이 하얘졌다. 저는 젊으니까 기회를 양보하겠다고 착한 척을 하면 간절함이 부족한 녀석이 될 테고, 절대 양보할 수 없다고 욕심만 부렸다간 자기 생각만 하는 이기적인 녀석이 될 상황이었다. 그래서 그냥 솔직해지기로 했다.

　"연배로 보면 확실히 제가 기회가 많은 건 사실이지만 지금…… 집안 형편이 많이 어렵습니다. 제가 하루 빨리 부모님께 보탬이 되어 드려야 하기 때문에 저도 놓치기 싫은 기회입니다."

나는 100% 진심이었는데 심사위원들은 농담으로 피해 가는 줄 아셨는지 다들 웃으셨고 재미있어 하셔서 다시 흐름을 좀 더 내 쪽으로 가져올 수 있었다. 나중에 알았는데 그때가 심사위원들이 손꼽은 인상 깊은 순간이었다고 한다. 프로그램 취지에는 그분이 더 맞아서 심사위원들은 그분께 더 마음이 가 있었는데, 나다운 솔직함을 귀엽게 봐주셔서 분위기가 반전된 셈이다.

1분 스피치가 화제가 되어 번외로 만담을 했는데 그게 또 화제가 됐다. 심사위원이 자기소개서에 쓴 만담 수상 경력을 물었고 나는 레퍼토리를 풀어놓았다. 수백 번 연습했던 이야기라 녹음기를 틀어놓은 듯 술술 나왔지만 속으로는 엄청나게 떨고 있었다. 전국 만담대회 1위에 대한 기대를 채우지 못한다면 오히려 역효과가 날 것이 뻔했기 때문이다. 다행히 그 만담으로 내 존재감을 드러낼 수 있었다.

방송을 보신 어머니는 네게 이런 면이 있었느냐며 신기해하셨다. 동네를 돌며 〈신입사원〉 보셨어요? 우리 아들이 거기 나와요. 장성규 꼭 보세요"라고 하시는 통에 말리면서 얼마나 웃었는지 모른다. 봤다고 하는 사람을 만나면 이 사람이 너

안다고 인사를 시키셔서 얼떨결에 '인사 머신'이 되기도 했다. 그야말로 온 가족이 흥분의 도가니였다.

그때 "너의 장점은 무엇이고, 보완점은 무엇인가"라는 질문을 여러 사람에게 끊임없이 받았는데, 나를 돌아보고 나에 대해 생각해 볼 수 있는 기회가 되기도 했다. 당시에는 너무 정신이 없어 미처 몰랐지만 지나고 나니 깨달은 점도 많았다.

테스트를 거듭하며 이야기를 하고 원고를 쓰다 보니, 고교 시절 친구들과 어울리며 재수에 삼수까지 했던 때가 떠올랐다. 그때는 '나는 왜 수험생답게 시험 준비에 매진을 못할까? 눈앞의 유혹에 빠져서 나 자신을 이겨 내지 못할까?' 하고 나를 나무라고 채찍질하기 바빴다. 그런데 그런 경험이 지금의 나를 만들어 주었다는 걸, 〈신입사원〉에 참가해서 내 스토리를 풀어내면서 깨달았다.

〈신입사원〉에 참가하지 않았다면 '난 지금 뭘 하고 있을까?' 이 생각을 하면 아찔하다. 내가 진짜 좋아하는 일도 모른 채 스펙에 맞춰서 회사에 들어갔겠지. 그것도 가치 있고 안정적인 삶일 수 있다. 문제는 나는 회사원으로 살기에는 그렇게 적합하거나 능력 있는 타입이 아니라는 거다.

한번은 대학교 때 친구 소개로 숙주나물 공장에 일당 아르바이트를 하러 간 적이 있다. 한밤중부터 다음 날 아침까지 물건을 옮기고 물청소를 하는 일을 맡았다. 그 정도는 당연히 잘할 수 있다고 생각했는데 일하는 내내 공장 직원으로부터 잔소리를 들었다.

    "행동이 왜 이렇게 느려? 더 빨리 좀 못 해?."

끊임없이 느리다고 혼이 나니 당황해서 더 허둥거렸다. 반면 같이 간 친구는 일을 잘해서 나와 더 비교되었다. 일하는 내내 쩔쩔맸지만 일당이 많아서 같이 간 친구에게 다음에 또 하자고 했더니, 친구가 조금 머뭇거리면서 말했다.

    "다음에 너는 데려오지 말래……."

그 말을 듣고 충격을 받았다. 나름대로 열심히 했는데 내 적성과는 영 거리가 멀었던 것이다. 아무튼 〈신입사원〉에 지원하지 않았더라면, 그 프로그램에서 아나운서로서의 경험과 훈련을 쌓지 않았다면 아마 회사에 들어가서 맨날 상사에게 깨지며 고민했겠지. '난 여기서 대체 뭐 하는 걸까, 난 왜 이 모양일까?'

그런 내가 좋아하는 일을 찾고 많은 분께 칭찬과 사랑도 받다 니 신기할 따름이다. 적재적소와 적성의 중요성이란!.

○ MBC 〈신입사원〉 데뷔 영상이
○ 페이스북을 뜨겁게 달궜다.
● 그리고 나는 소통왕답게 한 팬분과
다정하게 댓글을 주고받았다.
같은 새끼끼리♡

#새끼줍쇼 #삼시새끼
#욕아님주의 #저스트애칭

나도 참,
아나운서가 얼굴 막 쓴다
카메라에 예쁘게 나와야
하는데.

서바이벌이란 바로 이런 것

〈신입사원〉은 예능 방송이었다. 하지만 서바이벌 형식이다 보니 매회 허를 찌르는 미션과 발표로 긴장과 경쟁의 연속이었다. 회를 거듭할 때마다 숨이 넘어갈 지경이었다. 무엇보다 '여기에는 내 편이 없다'라는 생각에 힘이 들었다. 다 경쟁자인데도 나는 모두가 좋았다. 하지만 그게 나만의 짝사랑이라는 게 문제였다. 열심히 적극적으로 하면 저 혼자 신나 있다고 비꼬는 소리를 들었고, 이야기를 하면 할수록 겉도는 기분이었다. 초등학교 때 겪었던 좋지 않은 기억이 모습을 바꿔 다시 이어지는 기분이었다. 그러다 보니 떨어져도 진심으로 안타까워할 사람은 거의 없을 것 같다는 느낌마저 들었다. 누군가를 탈락시켜야 내가 살 수 있는 서바이벌의 현실은 그랬다.

하지만 경쟁 관계라도 반드시 갖춰야 하는 마음이 있다. 바로 동료애다. 나는 상대가 나와 서바이벌이라는 경쟁 구도에 있더라도 늘 존중하고 배려했다. 경쟁자이기 전에 아나운서라는 같은 꿈을 꾸는 동료이자 친구이기도 했으니까.

〈신입사원〉에 참가하면서 하루하루가 숨 가쁘고 힘들었지만, 합숙을 하면서 나는 팀워크라는 것을 경험하기도 했다. 양주 MBC 연수원에서 동료들과 1박 2일 합숙을 했다. 현호 형, 다희, 성표, 윤하, 지원. 나와 한배를 탔던 1조 사람들을 나는 영원히 잊지 못할 것 같다. '내가 앞으로 어디서 그런 팀워크를 또 경험할 수 있을까' 할 정도로 마음이 잘 맞았다.

합숙했을 때 개인기도 선보였는데, 연애 이야기를 꽤 많이 해서 재미있어 하는 사람들도 있었고 핀잔을 주는 사람들도 있었다. 그때 내가 가진 콘텐츠가 그리 다양하지 못했다. 그래서 '화양연화'라는 생소한 제시어를 받고는 또 사랑 이야기를 했다.

"좋아하던 여학생 있었는데 이름이 연화였습니다. 어느 날 연화가 화양리로 이사를 가 화양연화라고 불렀습니다."

문지애 선배가, 좋아하던 여자를 빼고는 스피치할 수 없느냐고 물어 민망했지만, 다들 웃어 줘서 다행히 위기를 넘겼다.

하지만 이를 계기로 이야깃거리를 좀 더 다양하게 만들어야
겠다고 생각했다.

조별 팀 대결은 흘러나오는 방송 시그널 음악에 맞춰 즉석에
서 진행하는 미션이었다. 내가 첫 타자로 나갔는데 그만 얼어
붙고 말았다. 처음으로 아무 말도 하지 못했다. 익숙한 시그널
이었는데 머릿속이 하얘져 어떤 프로그램의 테마 음악이었
는지 하나도 생각이 나질 않았다.

뒤늦게 MBC 간판 프로그램 〈인생극장〉의 시그널이라는 걸
알았지만 이미 너무 늦었다. MBC 간판 프로그램을 모르고,
상황 대처 능력도 보여 주지 못해서 감점을 받을 상황이었
다. 음악을 듣자마자 기발한 대사를 생각해서 바로 말하라
니……. 그것도 모두가 지켜보는 가운데서! 〈신입사원〉에서
재치와 순발력을 최장점으로 평가받아온 터라 나에게는 더
욱 치명적이었다. 팀 대결에서는 기선 제압이 중요한데 처음
으로 나간 내가 실패를 했으니……. 결국 우리 조는 경쟁 조
와의 배틀에서 지고 말았다.

나 때문에 팀이 패배했다는 죄책감에, 대결이 끝난 후에도 오

랫동안 눈물이 멈추질 않았다. 다섯 명 중에서 패자부활전을 통해 단 두 명만이 다음 단계로 진출할 수 있었다. 불안해할 조원들에게 면목이 없었다. 당혹스러워하는 내 모습에 담임이었던 문지애, 김정근 선배는 내게 너무 큰 짐을 지워 준 것 같다며 마음 아파했다. 그리고 시작된 패자부활전!

심사위원이 "만약에 탈락자를 스스로 선택할 수 있다면 자신을 선택하시겠습니까?"라고 질문했다. "네. 힘들고 어려운 결정이겠지만 자신에게 벌을 줘야겠다고 생각합니다."라고 솔직하게 말했다. 팀이 패배한 이유는 첫 번째로 나선 내가 망친 탓이라고 생각했기 때문이었다. 그리고 창피했다. 조원들에게 양보하고 싶은 마음과 붙고 싶은 마음 사이에서 갈팡질팡하는 내가……

인터뷰가 끝나고 〈인생극장〉을 다시 해 보라는 말이 떨어지자마자 줄줄이 속마음을 쏟아냈다.

　"우리 조가 나 때문에 떨어진 것 같은데, 내가 패자부활전에서 붙고 싶다고 말씀드려야 하나? 아니야! 나는 절대 붙어서는 안 되는 놈이야. 어떡하지? 그래도 붙고 싶은데?

그래, 결심했어! 우리 조원들에게 양보하는 거야!"

다행히 동료들도 심사위원들도 다시 웃어 주셨다. 내가 능숙하게 해내지 못해서 우리 팀 분위기가 가라앉아서 슬펐는데, 그 웃음만으로도 안심이 됐다.

패자부활전을 거쳐 일대일로 중계 배틀을 했다. 화면에 MBC 방송 프로그램이 나오면 그 프로그램에 맞게 진행하는 테스트였다. '국민이 뽑는 아나운서'라는 캐치프레이즈에 맞게 시청자 문자 투표 결과가 합산되는 평가 방식이라 더 긴장할 수밖에 없었다.

프로그램 원고는 직접 작성해서 발표해야 했다. 이때만큼 글을 많이 써 본 적도, 심사숙고해 본 적도 없었다. 아나운서가 되는 데 말하기의 비중이야 짐작했지만 글쓰기의 비중이 이 정도일 줄이야! 작문과 논술은 고등학교 때부터 어느 정도 익숙했지만 내 특기는 논리보다는 감성에 호소하는 쪽이었다. 변수는 얼마든지 있었고 자신만만하게 있을 수만은 없었다.

테스트를 계속하다 보니 욕심이 커졌다. '여기까지 왔는데 마지막까지 가고 싶다, 1등 하고 싶다'는 마음에 오버를 하다가

네티즌에게 악플 세례를 받기도 했다. 이 무렵 악몽을 자주 꾸었다. 악플을 볼 땐 정말 가슴이 시렸다. 낯선 사람에게 불시에 욕을 먹는 건 아닐까 싶어 대중교통을 타기도 무서웠다. 그 후부터 미션을 수행할 때 생각이 많아졌고 촬영이 두려워졌다. TV에 나오고 길에서도 사람들이 알아보고 응원해 주니 잘 될 것 같다는 마음이 들었는데, 악플 세례를 받으니 자존감이 그만 바닥을 쳤다. 악플 때문에 꽤 긴 시간 힘이 들었지만 이제와 생각해 보면 그때 상승세만 탔다면 오히려 위험했을 것 같다는 생각이 든다. 위기를 겪으면서 정신이 번쩍 들었다.

다행히 다음 미션은 정말 즐거웠다. 이 미션은 지영이, 이제는 JTBC에서 일하는 강지영 아나운서와 함께했는데 〈나는 가수다〉의 출연진들을 만날 수 있다는 생각에 더욱 가슴이 벅찼다. 하지만 그때 나는 여전히 슬럼프였고, 행여 더 큰 실수를 하지는 않을까 조심하느라 과감히 내 장점을 발휘할 수가 없었다. 지영이의 도움이 없었다면 아마 난 그날이 마지막이었을 거다. 〈신입사원〉에 참가한 전 과정을 통틀어 가장 힘든 날이었다. 본선 무대에 앞서 이재용 아나운서 부장님이 나에게 특별히 당부하셨다.

"장성규 씨, 심사위원들 눈치 보지 말고 '나 장성규다! 쓸 테면 쓰고 말 테면 말아라!' 이런 마음으로 임했으면 좋겠어요. 장성규를 보여 주세요."

나는 그 말을 붙들고 버텼다. 어떻게 해야 하나 갈피를 못 잡던 내게 참 힘이 되고 고마운 조언이었다.

남은 테스트는 예상대로 긴장되고 어려웠지만 문자 투표 중간 집계 결과에서 2등을 했다. 부족한 나를 알아 주는 분들이 고마웠고 그들에게 꼭 보답해야겠다는 다짐을 했다. 마음을 다잡고 나니 테스트에 임할 때 전처럼 긴장하지 않고 즐거움을 되찾을 수 있었다.

이어진 미션 수행도 만족스러웠다. 가장 자신 있는 프로그램을 선택하는 미션에서는 〈무릎팍 도사〉를 선택했다. 심사위원들을 의식했다면 다른 선택을 했겠지만, 나를 위해 응원해 주시는 분들께 내 모습을 보여드리고 싶었다. 방송을 타기 시작하면서 팬들도 생겼기 때문이었다. 그 작은 불씨를 꺼뜨리지 않기 위해 얼마나 전전긍긍했는지 모른다. 대회에서 만난 선배들도 앞으로 너랑 일하게 될 것 같다고 응원해 주셔서 힘이 났다.

#스카이캐슬#장준상

〈신입사원〉 TOP 5
그리고 작은 기적

그렇게 나는 최종 5인에 들었다. 하지만 곧 달콤한 꿈에서 깨어나야 했다. 다섯 명 중에서 세 명을 뽑는데, 그게 내가 아니라는 믿고 싶지 않은 현실이 나를 기다리고 있었다. 내 수험번호는 '1230번'이었는데 '1', '2', '3' 승승장구하다가 '0'이라 떨어졌나 싶었다. 가슴에 슬픔이 가득 차니 별생각이 다 들었다. 붙은 사람도 떨어진 사람도 다들 모이는 마지막 뒤풀이에서 치러진, 아나운서 신입 환영 세리머니를 바라보고 있자니 참마음이 아팠다. 당시 〈신입사원〉 MC였던 정형돈, 쌈디, 길 형들이 위로해 주었지만 슬픈 건 어쩔 수 없었다. 하지만 결과를 애타게 기다리고 있을 가족들에게 전화는 해야 했다. 몇번을 수화기를 들었다 놨다를 반복했다.

　"엄마 나 떨어졌어."

처음에는 믿지 않으셨다. 떨리는 목소리로 애써 웃으시면서 "엄마 놀라게 해 주려고 농담하는 거지?" 하시는데 뭐라 말을 이을 수가 없었다.

"이번 주 일요일에 방송에서 보세요"라고 어렵게 말을 덧붙였다. 그러자 어머니가 우셨다. 효도하고 싶었는데 실망만 드렸다는 생각에 가슴이 메어 말을 잇지 못했다. 수화기 너머에서 한참을 울던 어머니는 감정을 추스르고는 말씀하셨다.

"술 너무 마시지 마라. 마음도 안 좋을 텐데 실수할라."

어머니는 전화를 끊고 다 큰 아들이 걱정되셨는지 남양주에서 일산 MBC까지 나를 데리러 오셨다. 도착한 어머니가 계속 눈물을 흘리셔서 일단 안아드렸다. 어머니 앞에서 다 큰 아들인 척을 많이 했었는데 다시 보호를 받는 아이가 되어버린 것 같았다. 길 형이 자리를 뜨는 나를 마지막까지 바래다 주며 우리 어머니를 꼭 안고서는 말했다.

"어머니, 성규는 더 잘될 거예요. 다들 그렇게 믿어요.
그러니 성규 걱정은 마세요."

길 형의 말에 꾹꾹 누르며 참았던 눈물이 주체할 수 없을 만
큼 터져 나왔다. 얼어붙은 마음이 한꺼번에 녹아 흐르는 것
같았다. 고맙고도 고마웠던, 아주 오랜 시간이 지나도 절대
잊지 못할 순간이었다.
비록 최종 3인에는 들지 못했지만 최종 다섯 명 안에 들었다
는 건 기적 같은 일이었다. 아나운서를 준비한 지 얼마 되지
도 않은 내가! 물론 4개월간의 들뜬 마음이 날아가고 다시
취업을 준비할 생각에 막막했지만, 받아들여야 했다.

〈신입사원〉 오디션은 내게 다시 오지 않을 기회였고 좋은 경험
이었다. 경연은 매 라운드가 철저하게 짜였고 빈틈이 없었다.
우수한 두뇌와 재능을 가진 사람들 사이에서 경쟁을 두려워
하지 않아야 했고, 날카로운 지적을 듣고도 침착하게 받아들
일 줄 알아야 했다. 함께해 온 동료가 탈락하는 아픔도 견뎌
야 했고, 프로그램 특성상 압박감도 끝이 없었다.

치열하게 경쟁하다 보니 좋은 일, 감동적인 일만 있지는 않았다. 처음에는 같은 꿈을 꾸는 사람들이 모여 분위기가 화기애애했지만, 시간이 지날수록 신경이 날카로워져 불만을 토로하는 사람이 생겨났다. 그때는 모두가 절박했으니까.

그 와중에 나는 언제 어느 상황에서든 여유를 잃지 않을 것 같은 이미지가 되어 있었다. 하지만 그런 건 불가능한 일이란 걸 사람들은 자주 잊어버리는 것 같다. 그런 사람은 없다. 그 근처에라도 가기 위해선 무수한 연습을 해야 한다.

나도 미션을 수행하는 데 큰 부담을 느꼈다. 대놓고 드러낼 수도 없는 부담감이 점점 가슴을 짓눌렀다. 누군가가 돋보이면 반대로 자신이 밀려난다는 생각을 하는 사람도 많았다.

한번은 누군가가 제작진에게 "장성규 분량만 너무 많은 것 아니냐"며 항의했다는 이야기를 전해 들었다. 다들 이렇게나 사이좋은데 정말일까. 당황스럽고, 서운하고 별의별 생각이 다 들었다. 같은 꿈을 꾸는 사람들이 모였는데 작은 사회가 만들어지고 있었다. 누군가는 그 사회에서 군기를 잡으려 했고, 또 누군가는 자신과 성향이 맞지 않으면 튀려는 애로 낙인찍어 험담하기도 했다.

"무조건 튀고 싶어 착한 척 바른 척 쇼하는 거 아니야."

이 말을 한 사람에게 해명도 했는데, 마음에도 없는 소리 하지
말라는 대답만 들었다. 장장 4개월을 초긴장 상태로 경쟁하다
보니, 동료가 아니라 적이라는 생각에 다들 예민해져 있었다.
그때 친했던 세 명의 동료들을 최근에 다시 만났다. 시간이
한참 흐르고 나서야 서로 그때 일을 솔직하게 말하고 화해도
할 수 있었다. 친했던 형이 "사실 그때는 여유가 너무 없어서
네 편을 못 들어줬어, 그게 내내 미안했어"라고 말해 주었다.

그때는 아무리 좋은 사람들이라도 같은 목적 앞에서는 서로
적이 될 수 있다는 사실이 삭막하게 느껴졌다.
생각해 보면 참 어린 생각이었다.
그런 상황은 아름답지 않거나 비정상적인 것이 아니다.
지극히 자연스러운 상황이었다는 걸
사회생활을 통해 받아들이게 됐다.
그래도 서운하게 했던 사람들은 안 봐야지.

흥. 칫. 뿡!

○ 요즘 부쩍 자주 편찮으시고
○
● 입원하시는 어무니
　병문안을 마치고 떠나기 전
　어무니와 포옹하며 인사를 나누는데
　하준이가 아빠랑 할머니 보기 좋다며
　사진을 찍어 줬다.

엄마 백년만 더 같이 살자.
효도할 기회는 줘야지.

#사랑합니다엄마

나답게 웃픈 마무리

'신입사원' 오디션은 끝났지만 그저 가라앉아만 있다면 그건 사람들이 아는 장성규가 아니다. 기운을 차린 나는 바로 다시 일을 벌였다.

'덕분에 좋은 꿈 꿨습니다. 장성규 드림.'

내 이름을 크게 박은 수건을 만들어 MBC 아나운서국에 찾아가 모든 분들에게 감사 인사를 하며 돌렸다. 아나운서 선배 중에는 우승하지도 않았는데 기념 수건을 돌리는 내가 웃기기도 하고 안쓰럽기도 했는지 피해 다니는 사람도 있었다.

"아이고 성규야, 왜 이러니. 네가 이러면 더 미안하잖아."

고맙다, 수고했다는 말보다 미안하다는 말을 더 많이 들었다. 선배 아나운서들께 정말 감사한 마음이었고 그 마음을 꼭 전하고 싶었다.

"수고했다, 성규야! 성규 너 정말 잘했어. 너 떨어질 때
나도 열 받더라."

수없이 오간 덕담과 농담 사이에서 다시 웃을 수 있었다. 그
제야 대장정이 완전히 끝났다는 걸 실감했다. 그때 만난 분들
을 지금도 방송 현장에서 종종 만난다.

"성규야, 너는 잘될 줄 알았어. 하나도 걱정 안 됐어."

같이 일하고 같이 웃을 수 있는 지금이 얼마나 행복한지 모
른다. 신입사원으로 살았던 5개월간의 고마운 시간이 만들
어 준 보물, 덕분에 꿈도 이뤘다. 나란 사람은 방송인을 꿈도
꾸면 안 되는 줄 알았는데, JTBC 1기 아나운서로 당당하게
입사하게 된 것도 과감히 도전한 덕분이었다.
어떤 사람은 '신입사원'을 미래의 발판으로 삼고 싶어하고 어
떤 사람은 도전 자체에 행복과 기쁨을 느꼈다. 각자의 꿈을 가
지고 함께 뛰는 그 많은 사람들을 곁에서 보는 것만으로도 감
동적이었다. 나만 절박하다고 생각했는데 어떤 사람은 나에게

비할 바가 아니라는 것도 알게 됐다. '나는 저 사람 만큼 최선
을 다하고 있는가'를 돌아보게 된 계기이자, 도전하지 않는 사
람은 결코 가질 수 없는 귀중한 시간이었다.

> "꿈에서 깨니 아쉬웠고 섭섭한 마음도 들었지만
> 여러분의 사랑을 비롯해 제가 얻게 된
> 수많은 것들에 비하면 그런 섭섭한 마음들은 티끌만도
> 안 되는 크기의 것들이었습니다.
> 여러분. 정말 감사합니다.
> 여러분의 응원이 제겐 더없이 큰 기쁨이었고
> 힘이 되었답니다.
> 그런데요,
> 제가 염치 불고하고 조금 어려운 부탁 하나 드릴게요.
> 저를 잊지 말아 주세요.
> 큰 사랑에 꼭 보답하겠습니다."

탈락 직후에 팬카페에 올렸던 글이다. 서투르지만 순수했던
내 진심을 고스란히 담았다.

다 지나고 보니 우승했다고 우쭐할 일도,
떨어졌다고 절망할 일도 아니었다.
우승자는 물론이고 탈락자들도
각자의 길 위에서 행복하게 살고 있다.

탈락 순간에는 세상을 다 잃은 것처럼 울기도 했지만
다른 방송국에서 일하는 친구,
전혀 새로운 일을 하는 친구,
아이 엄마가 된 친구 등
각자의 위치에서 행복을 찾아내
그 안에서 열심히 살아가고 있다.

약속을 지키는 세상을 꿈꾸며

'국민이 뽑는 아나운서'라는 타이틀답게 신입사원 선정에는 시청자 문자 투표 결과를 반영했다. 하지만 최후의 합격자를 뽑는 순간에 갑자기 룰이 바뀌어 버렸던 일은 잊을 수 없을 것 같다.

마지막 대결의 날 최종 5인에 든 다섯 명은 가장 자신 있는 프로그램의 진행 멘트를 했다. 심사위원들이 있었지만 종전과는 달리 참가자들의 점수는 공개되지 않았다. 시청자 문자 투표도 없었다. 원래는 생방송으로 문자 투표가 진행될 예정이었는데, 프로그램 성격상 생방송을 할 수 없다고만 했다. 결국 녹화 방송이 진행됐고 최종 결과에 시청자의 참여는 없었다.

방송 중간 공개된 문자 투표에서는 내가 1, 2위를 다투었기 때문에 희망을 가지고 최선을 다했었는데, 당황스럽고 허무했다. 누구 하나 떨어뜨릴 사람이 없었다는 짤막한 총평만으로는 위안이 되지 않았다. 자세한 채점 결과 방식 등도 공개

되지 않았고 시청자의 의견도 마지막 순간에는 반영되지 않았던 것이다. 최초의 약속이 지켜지지 않아 그동안 열심히 응원해주신 분들에게 죄송했다. 하지만 내 입장은 '슈퍼 을'이었기 때문에 그 상황에서도 끊임없는 마인드컨트롤을 해야 했다. '여기까지 온 것만으로도 좋은 일이다. 감사한 일이다.' 얼마나 주문처럼 중얼거렸는지 모른다.

하지만 한편으로는 억울함과 함께 선정 방식에 이의를 제기하면 방송인으로는 영영 앞길이 막히지 않을까 하는 두려움, 아무런 저항도 하지 못하는 나에 대한 자괴감까지 더해져 나를 괴롭혔다. (물론 지금의 MBC는 방송 본연의 의무를 다하는 공정한 방송사이다.)

그때 나는 어떤 선택을 하고 어떻게 행동했다면 좋았을까. 격했던 감정은 어느새 잔잔해졌지만 지금도 역시 답은 나오지 않는다.

방송을 타고 소위 얼굴이 팔리면서 재치 있다는 호평도 많았고, 가볍다는 악평도 많았다. 상반된 평가라 어떻게 대처해야 할지 몰랐다. 그저 다 감당해야 할 부분이라고만 생각했다.

세상 모든 일이 그렇듯 방송 일에도 어두운 면과 밝은 면이 있을 테니까. 속이 상해서 몰래 눈물을 흘린 적도 있지만 돌아보면 성장의 발판이자 소중한 추억이다. 당시 방송에선 편집됐지만, 모두 끝이 나고 시원섭섭한 마음에 다른 참가자들과 함께 아이처럼 엉엉 울기도 했다. 다 커서는 그렇게 울 일이 없을 줄 알았는데. 그러고 나니 속이 한결 후련했다.

지금 이 글을 쓰면서도 불안한 마음은 있다.
내가 프리 선언을 했는데 이 내용을 보고 MBC에서
내 출연을 꺼리는 건 아닐까?
그 두려움을 뒤로하고 이렇게 외칠 수밖에 없는 건
지렁이도 밟으면 꿈틀한다는 걸
보여 주고 싶은 내 의지를
스스로 꺾지 못해서다.

갑과 을이 서로 존중하고
약속은 지키는 세상을 꿈꾸며……

○ #성관위_성공한관종을위하여
○
● 뭐든 긍정적으로 의미를 부여하는 습관이 있다.
긍정적인 의미를 부여하면 즐거워지니까.
이건 내 내공을 다지기 위해 마련된 시간이야.
이건 내 인내심을 늘리기 위해 마련된 자리야.
그리고 그렇게 믿는다.
그러면 못할 게 없다.

그래도 좌절금지,
닫힌 문 뒤의 행운

살면서 좌절을 겪지 않는 사람은 없을 것이다. 나도 수많은 좌절을 겪으면서 견디고, 버티다 보니 지금 이 자리에 서 있다. 대단하지는 않지만 내가 할 수 있는 일이 있고, 나를 찾는 사람들이 있는 곳.

좌절을 극복하는 방법 같은 건 없었다. 글쎄, '이런 게 있었어요!' 하고 뭔가 쓸 만한 방법을 알려 주면 좋을 텐데 아직도 뾰족한 수를 못 찾았다.

좌절을 겪으면 늘 힘들고 괴로웠다. 성격대로 어떻게든 혼자 해결해 보려다 도저히 견딜 수 없어서 가족이나 친구에게 하소연하기도 했다. 그러고 나면 약간의 기운을 얻었지만 해결책을 얻지는 못 했다. 조금 더 나은 상태로 버틸 뿐. 시간이 많이 흐르고 알았다. 버티는 것도 꽤 대단한 일이라는 걸. 전에는 더 적극적으로 돌파구를 찾아야 한다고 생각했다. 그래서 그러지 못하는 나를 탓했는데 더 안 좋은 결과만 초래했다.

최종 진출에 탈락한 '신입사원' 파이널 무대 녹화가 끝나고 녹화분이 방송되는 일요일까지 막막하고 괴로운 시간이었다. 정말 버텨내는 것 말고는 방법이 없었다. '한동안은 버텨내야 겠구나'라고 생각했는데, 내 인생에 초대형 서프라이즈가 나를 기다리고 있었다. 마지막 방송이 나가고 바로 다음 날 가장 먼저 JTBC에서 연락이 왔다. 당시 JTBC 상무이사인 주철환 피디님이 내게 직접 전화를 걸어 영입 제의를 하셨다.

"MBC가 왜 장성규를 떨어트렸을까? 실수한 것 같은데, 나랑 손잡고 MBC에 복수하지 않을래?"

농담 섞인 제안이었지만 멍하고 소름이 돋았다. 주철환, 그가 누구인가. 대한민국 방송 역사에 한 획을 그은 전설의 예능 피디! 시청률 보증수표이자 스타 피디의 원조! 그런 전설이 나를 눈여겨봐 줬다니! 여기서 아나운서의 꿈을 접지 않아도 된다니! 나를 설득하기 위해 농담까지 섞어 가며 제안해 주시다니, 믿어지지 않았다.

마지막 방송 후 몇몇 대형 연예기획사에서도 연락이 왔지만 주철환 피디님으로부터 받은 제안에 너무 가슴이 뛰어서 다른 생각은 들지도 않았다. 가족들도, '신입사원' 출연을 계기로 알게 된 선배 아나운서들도 아나운서의 길을 권했다.

그렇게 2000:1의 경쟁과 12차 면접을 거쳐 특채로 JTBC 1기 아나운서가 됐다. 그토록 기다리던 합격 통보를 받고 드디어 부모님께 효도했다는 기쁨, 이제 사랑하는 그녀(나의 아내)를 다시 만날 수 있다는 안도감에 너무 행복했다.

특히 어머니는 "이제 TV에서 우리 아들이 뉴스 하는 모습 보겠네." 하며 설레셨다. 그 모습을 보고 내가 좋아하는 일을 하면서 사는 모습을 보여드리는 게 효도구나 싶었다.

사실 '신입사원' 최종 3인의 문턱에서 탈락했을 때 내 앞에서 문이 닫힌 줄 알았다. 그렇게 낙담했는데 행운은 바로 그 문 뒤에서 나를 기다리고 있었다.

행복한 일상을 제안하는
실용·감성·교양 콘텐츠

에세이
여행
취미
패션
예술/교양
요리
글쓰기

넥서스

SNS를 뜨겁게 달군 감성 베스트셀러

당신을 위로할
사랑, 청춘, 삶에 대한 이야기

읽어보시집
최대호 지음 | 308쪽 | 10,000원

투박한 손글씨, 허를 찌르는 유쾌한 반전
세상에 단 하나뿐인 읽으면 기분 좋아지는 시!

너의 하루를 안아줄게
최대호 지음 | 216쪽 | 13,800원

안아주고 싶어요, 당신과 당신의 하루까지
오늘도 힘들었을 청춘을 위한 포근한 위로

스페셜 에디션 #너에게
하태완 지음 | 272쪽 | 12,800원

사랑에 사랑을 더하다!
펼치는 순간 당신의 목마름에
촉촉한 포옹이 되어 줄 책.

늘 그렇듯
네가 좋으면 나도 좋아
김재우·조유리 지음 | 296쪽 | 15,000원

수백만 SNS 독자를 소환한 화제의 럽스타그램!
김재우가 현실커플에게 선물하는 설렘 한 스푼.

패션, 열정, 꿈에 대해 이야기하다

세련된 이들이 말하는
삶, 패션 스타일링 노하우

NEW 맨즈 잇 스타일

이선배 지음 | 320쪽 | 15,000원

패션 가이드는 물론 남자만을 위한 화장법,
남자의 매너&연애까지 코칭한다.

멋진 사람들의 물건

이선배 지음 | 364쪽 | 15,900원

패션부터 리빙, 디저트까지 품격을 드러내는
잇 아이템 400개를 소개한다.

좋아 보여

계한희 지음 | 240쪽 | 15,000원

세계 패션 거장들이 주목하는 패션크리에이터
계한희의 젊은 멘토링.

세상은 나를 꺾을 수 없다

고태용 지음 | 264쪽 | 14,500원

'국민 개티'로 유명한 비욘드 클로젯의 CEO
고태용 디자이너의 통쾌한 도전!

비주얼 스토리텔링, 인포그래픽으로 읽다
그들의 인생은 결코 흑백 화면처럼 단조롭지 않았다

인포그래픽만으로 구성된
획기적인 아트북 시리즈

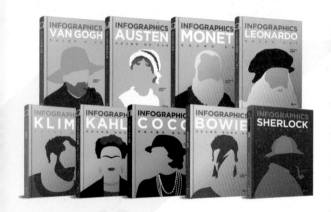

참관종의 길에서 나를 만나다#여행은역시#관종투어

2011년 12월 JTBC 개국을 앞두고 신입사원 전체 교육을 받으며 '앞으로 내 인생에 이보다 더 큰 기쁨이 얼마나 더 있을까?' 생각했다. 현실은 비록 갓 들어온 말단 사원이었지만 마음만은 이미 '개국공신'이었다. JTBC 1기라는 자부심과 더불어 처음으로 소속감도 느꼈다.

방송국 입성 첫날은 분위기를 살피고 새로 만나는 사람들을 기억하느라 정신이 하나도 없었다. JTBC에 처음으로 아나운서국이 생기다 보니 임원급들과의 소통 자리가 많았다. 긴장해서 혹시 실수할까 봐 말은 거의 하지 않고 듣기만 했다.

JTBC 개국 전 3개월은 꿈같은 나날들이었지만 생각지 못했던 부담도 있었다. 사람들은 평소에도 '신입사원'에서 보여 주던 밝고 재치 있는 모습을 나에게 기대했다. 사람들이 처음 연예인을 만나면 노래를 불러 보라고 한다든가 그 사람의 유행어를 시켜 본다더니 그 기분을 알 것 같았다.

사실 나는 어렸을 적부터 친한 사람이 아니면 절대 장난을 치지 않는다. 사석에서도 사람들이 '신입사원' 때의 모습을 기대하는 분위기면 난감 정도가 아니라 공포였다. 혹시라도 실망하거나 무시당할까 봐 전전긍긍했다. '근데, 나는 뭐 때문에 이렇게 긴장하지? 이런 부담감이 언제쯤 없어질까?' 문득 이런 생각도 들었다. 그래서 그때는 본의 아니게 '척'을 참 많이 했다. 잘하는 척, 익숙한 척, 괜찮은 척. 다행히 시간이 해결해 주었지만 당시엔 그런 불안감이 영영 끝나지 않을 것만 같았다.

사석에서 말이 많을수록 난감한 상황을 겪는 경우가 많았다. 평상시대로 상대에게 질문하고 분위기를 이끌어 가면 직업병이니 진행병이니 뒷말이 돌아오곤 했다. 원래 성격대로 하던 대로 했을 뿐인데도. 당시엔 갈팡질팡했지만 이제는 원칙을 세웠다. 과감한 모습은 카메라 앞에서만 하기로.. 방송과 일상은 다르다. 방송인은 무대에서만 잘하면 된다고 생각해 리허설 때도 최대한 자제하고 본방 때만 내가 가진 100%를 보여드리기로 했다.

그렇게 JTBC 아나운서가 된 이후로, 난 혹시 운이 없는 놈이 아닐까 하던 마음이 싹 사라졌다. 각종 시험을 준비하던 과정과 실패의 연속, 서바이벌 프로그램에서의 탈락……. 실패라고 생각했던 것들이 실은 내 꿈을, 지금의 나를 만든 바탕이 된 것 같다. 나는 운이 좋은 사람이었다!

바닥을 보이던 자신감도 자연스레 다시 회복했다. 어엿한 방송사에서 정식으로 기회를 주신 건 적어도 가능성은 보셨다는 증거니까. 부모님은 물론이고 친척들도 뭔가 나를 굉장히 자랑스러워하는 분위기로 바뀌어, 앞으로 계속 더 잘해야겠다는 생각이 들 정도였다. 재수, 삼수를 할 때는 자신감이 너무 떨어지다 못해 친한 친구들과 만나도 얘들이 내 말을 안 들어주는 것 같았다. 예전만큼 호응도 없는 것 같아서 모임에 못 나갈 지경이 됐었는데 이제는 그런 자격지심이 사라져 무척 기뻤다.

○ 여섯 살 된 아들 하준이는
● 본인이 그리고 싶으면 일단 다 그리고 본다.

"엄마가 못 그렸다고 하면 어떡하지?
아빠가 몸을 왜 2등신으로 그렸냐고 하면 어떡하지?'
이런 고민을 하느라 우물쭈물하지 않는다.

#그런데아빠를그릴때
#머리카락을8가닥만그린다
#모발모발
#하이모

3

내일도 최선을 다하는
장성규입니다

인생을 살다 보면
걸음을 내딛기 힘든 팍팍한
날들이 있다.
하지만 그 속에서도 나는
살 만한 순간을 만들어 가고 싶다.

두려움도 실패도 쌓이면
꽤 괜찮은 경험이 된다는 걸 알았다.
그렇게 만든 그 시간을
같은 길을 걷는 사람들과
공유하고 싶다.

인생은 혼자가 아니라
함께 가는 거니까.

'하이, 큐!'를 외치는 전쟁터에서

사람들은 방송가를 흔히 '전쟁터'라고 말한다. 경험해 보니 정말 피 튀길 만큼 치열한 곳이다. 특히 아나운서가 예능에서 존재감을 드러내기는 정말 어렵다. 누군가가 짜 놓은 판 안에서 자기의 장점을 최대한 살리는 입장이 아니라, 내 판이 아닐지도 모르는 곳에서 스스로 캐릭터를 만들고 구성할 수 있는 사람이 되어야 한다. 그래서 언제부턴가 스스로 말하고 있다.

"그건 내가 해내야 한다. 안 그러면 그 판에서 없어져도 싸다."

치열하게 준비하다 보면 스스로 뿌듯함을 느끼기도 한다. 노력한 걸 보여 주는 과정에서 MC나 패널 중 누군가 한 명이라도 내가 준비한 것을 받아주면 희열을 느낀다.

방송은 확실히 전쟁이다. 하지만 그 안에도 사람이 있고 관계가 있다. 상대를 꼭 밀어내야 하는 건 아니며, 적으로 대하지만 않는다면 끈끈한 전우가 되기도 한다. 물론 전우를 만나는 건 복이고 행운이다. 어떤 이는 스스로 운을 만드는 사람이라고 말하기도 한다. 하지만 그건 착각일 수 있다. 본인만 모를 뿐이지 대부분 곁에 있는 사람들이 도움을 주는 경우가 많다. 좋은 사람일수록 공치사를 하지 않으니까. 그들은 그냥 아낌없이 베풀다가 상대가 전혀 감사함을 모른다고 여기면 조용히 관계를 끝낸다.

그리고 그 관계는 다시는 회복되지 않는다. 삼자의 입장에서 그런 모습을 볼 때면 굉장히 복잡 미묘한 심경이 된다. 말을 해 줘야 하나 말아야 하나, 내가 그 상황에서 아는 척하는 게 맞나……

그러다 보니 나나 내 곁의 사람 사이에 혹시라도 그런 일이 생길까 봐 늘 조심하게 된다. 물론 이게 방송계에만 국한된 얘기는 아니지만, 그런 관계성이 극대화된 곳이 방송국이 아닐까 싶을 때가 많다. '응? 뭔가 이상한데?'라고 느끼면 때는 이미 늦었다.

방송계에서 나와 마음이 잘 맞고 삶에 대한 기준이 맞는 사

람을 만나기란 쉽지 않다. 나는 OK인데 상대가 NG일 수도
있고, 반대인 경우도 물론 있다. 합이 맞는 관계는 그만큼 귀
하다. 항시 평가가 이루어지는 곳이라 누군가 준비를 제대로
안 했다거나 발상이 낡았다거나 잘못된 가치관을 우긴다거
나 하면 가차 없이 정리된다. 절대 티 나지 않게…… 그래서
더 무섭다.

아나운서 중에는 소위 말하는 '엄친아' '엄친
딸'이 많다. 대부분 어릴 때부터 부유한 환경에
서 착하고 밝게 자라 귀티가 나고 공부도 늘 잘
했던 모범생들이다. 그런데 JTBC 아나운서들
의 경우, 거의 모두가 생계형 멀티플레이어다.
물론 '금수저' 같은 친구도 있지만, 멀티플레이어인 건 마찬가
지라 더 막강하다. 다들 더 많은 기회를 잡기 위해서 스스로
발전하려는 노력을 게을리하지 않는다. 언제 어디서 기회가
오든 주어진 역할을 완벽히 소화하기 위해 누가 시키지 않아
도 늘 미리 준비하는 사람들이다. 그래서 그들을 보면 나 역
시 저절로 열심히 할 수밖에 없다.

그런데 나는 '금수저'나 '엄친아'와는 거리가 멀어서 때론 주눅이 들었고, 그래서 반대로 더 나서기도 했던 것 같다. 그냥 가만히 있어서는 사람들이 알아주는 존재가 아니라는 강박감이 마음 한구석에 자리하고 있었다.

다행히도 시청자나 SNS 팔로워 중에는 평범한 환경의 내 모습에 친근함을 느끼는 분들이 많다. 좀 못났어도 열심히 사는 친구를 보면 편을 들어주고 싶은 마음처럼 말이다. 또 아나운서라는 쉽지 않은 목표를 이룬 것을 기특하게 봐주시는 것도 같다. 이럴 땐 또 금수저가 아니라서 다행이다.

뉴스를 말씀드릴 타임-마

입사 초기에 '지상파에 좀 더 도전해 보지 않고 왜 종합편성
채널로 갔느냐'는 비난성 댓글을 종종 받았다. 당시에는 종합
편성채널이 편향적이라고 부정적으로 보는 여론이 있었기 때
문이다.

하지만 나에겐 어딜 가든 '자기 하기 나름'이라는 생각이 있
었다. 그리고 방송사마다 1년에 뽑는 아나운서의 수는 열 명
미만이라, 원하는 곳만 골라 가며 지원할 수 없는 현실의 문
제가 있었다. 많은 아나운서 지망생들이 자신의 정치 성향이
나 가치관에 맞는 곳만 지원하지는 않는다. 아니, 그럴 처지가
못 된다. 이력서를 백 군데쯤 내야 하는 취준생들과 크게 다
를 바가 없다.

JTBC는 손석희 사장님이 부임하신 후로 중립적이고 정의로
운 이미지로 자리 잡았다. 종합편성채널이라는 선입견을 깨
어 가고 있다. 그 변화의 흐름을 온몸으로 체감한 나는 손석희

사장님을 전보다 더 존경하게 되었다. 특히, '최순실 게이트' 보도 이후 JTBC의 위상은 더욱 높아졌다. 진실을 대하는 자세와 한결같은 추진력, 그리고 진심이 시청자들에게 통한 것이다. 〈뉴스룸〉에서 최순실 게이트 관련 특종을 처음 보도한 날, 나는 손 사장님께 문자를 드렸다.

　"사장님 덕분에 세상이 따뜻해지고 있어요. 감사합니다."

손석희 사장님은 '조금 닭살 돋지만 고맙다'고 답장을 보내주셨다. 그 문자는 지금도 내 폰에 고이 모셔져 있다. 평생 간직할 생각이다. 아부라고 말해도 상관없다. 나의 상사는 아부하고 싶을 만큼 멋진 분이니 말이다. 그의 건조한 어조에서 묻어나는 지성과 따뜻함도 함께 배우고 싶다.

언젠가 방송에서 오상진과 전현무 중 누가 롤 모델이냐는 질문에 "손석희 사장님이요"라고 말한 적이 있다. 사장님은 그 후 그 방송을 보셨는지 웃으며 한마디 하셨다.

　"방송에서 나 그만 팔아라."

그의 말 한마디에는 늘 상대방을 주눅 들지 않게 하려는 배려가 담겨 있다.

입사 초만 해도 JTBC 아나운서라고 소개하면 방송사명을 잘 알아듣지 못하는 분위기였다. 특히, MBC 〈신입사원〉에 나왔던 내 모습을 기억하는 시청자들은 나를 'MBC 직원'으로 오해하기도 했다. 하지만 최순실 게이트 보도 이후에는 JTBC 아나운서라고 말하면 '좋은 뉴스를 해 줘서 고맙다'는 이야기를 들을 정도로 회사의 위상이 높아졌다

비록 지금은 뉴스를 하지 않지만 앞으로도 초심을 잃지 않고 모든 프로에서 최선을 다할 생각이다. 그분들의 바람을 깨지는 말아야 하니까. 그리고 꼭 뉴스가 아니더라도 현재 내 자리에서 시청자를 기쁘게 해 드리면 되는 거니까.

개나운서의 팔색조 매력

개나운서 혹은 아나운서

'개나운서'. 어감은 그리 좋지는 않지만, 마치 지금의 나를 가리키는 말 같다. 국립국어원의 국민 참여형 국어사전에 개나운서를 찾아보면 이렇게 나온다. '마치 개그맨처럼 재미있는 아나운서'.

JTBC 간판 개나운서로 불렸던 나에 대한 평은 '재미있다'와 '과하다'로 갈린다. 초반에는 어떻게든 주목받아야 한다는 강박관념 때문에 과하다는 평도 들었다. 하지만 지금은 '재미있다'라는 평가가 조금은 더 많아진 것 같다.

예전에는 아나운서 하면 지적인 이미지를 제일 먼저 떠올렸다. 그래서 아나운서가 예능 프로에 출연해 웃긴 말이나 엉뚱한 행동을 해도 실없다거나 가볍게 보지는 않았다. 오히려 멘트에 변화를 조금만 주어도 재미있고 신선하다는 평을 들었다. 재기 발랄한 예능인들보다 어리버리하고 허술한 점이 보여도 좋게 봐주는 경향이 있었다.

하지만 이제는 개나운서에 대한 기대치(?)가 높다. 그래서 더 많이 고민하고 준비할 수밖에 없다. 시청자들이 봤을 때 재미있지만 부담스럽거나 과하지 않게 나름의 기준을 정하고, 그 선을 지키려 한다. 예능 프로에서 자유자재로 끼를 펼치는 전문 예능인들을 보면 정말 대단하다는 생각이 든다. 나에겐 아직 그분들보다 나은 부분은 없다. 다만 아나운서로서 본연의 역할을 하면서, 고정관념을 조금 뒤집는 행동으로 '장성규만의' 재미를 주려고 한다.

지금까지 일반적인 뉴스 앵커보다는 예능 프로그램을 더 많이 해 왔다. 내 성향도 예능 쪽에 더 가깝다 보니 다양한 프로그램에서 섭외를 받고, 회사 행사도 많이 하는 편이다. 그래서 생각지도 못 했던 곳에 갑자기 불려 가는 경우도 꽤 많다. '땜빵'이나 '5분 대기조'로 불려 가면 싫지 않으냐는 질문을 받기도 하고 안쓰러워하는 사람들도 있는데, 정작 나는 아무렇지도 않다. 그만큼 내가 다양한 곳에서 원하는 사람이라는 뜻일 테니까.

또 원래 방송 속성상, 급박하게 투입해야 하는 상황이 비일비재하게 일어난다. 베테랑 선배 중에는 예기치 않은 급한 건에 흔쾌히 응해 주시는 분들이 이외로 많다. 곁에서 그런 선배들을 볼 때마다 오히려 더 멋지고 큰사람처럼 느껴진다.

때로는 준비할 수 있는 시간이 너무 부족해 당황스럽기도 하지만, 그만큼 '순발력 근육'이 붙기도 한다. 방송인에게 대기는 기본이다. 나는 대기하는 시간 동안 대본을 외우거나 SNS 포스팅을 하거나 잠깐 눈을 붙이기도 하는데, 그러다 보면 기다리는 일마저 즐겁다.

아나운서가 된 후 매일이 행복하다. 내가 방송을 한다는 사실이 아직도 꿈만 같다. 더 잘하고 싶은데 그만큼 하지 못할 때 스트레스를 받기도 하지만, 아나운서로서의 생활은 처음부터 100% 아니 1000% 만족스러웠다.

JTBC 1기로 아나운서로서 주목받았고, 늘 점잖고 스마트한 에이스들로 가득한 환경도 좋았다. 선배들은 엄격하게 군기를 잡기보다는 늘 후배들을 격려해 주었다. 심지어 어떤 때는 동아리 활동을 하는 느낌이 들 정도로 분위기가 살갑고 즐거워서 회사에서 먹고 자면서 살고 싶을 정도였다. 어떤 의견을 내면 좀 파격적이라도 일단 해 보라고 격려하고 도움을 주었다.

돌이켜보면 그 시절의 난, 참 복 받은 놈이었다.

아나운서가 되고 나서, 전에는 미처 몰랐던 것을 깨달았다. 바로 '사람은 하고 싶은 일을 하며 살아야 한다'는 것. 아나운서가 되기 위해 학원에서 처음으로 연습 삼아 마이크를 잡고 카메라 앞에 섰는데, 준비 단계부터 굉장히 재미있었다. 아직 서툰 것이 많고, 학원에서 혼자 연습하는 것뿐인데도, 마냥 즐겁고 좋아서 웃음이 났다. 그래서 후배나 아나운서 지망생들을 만나거나 강연할 기회가 생기면 꼭 하는 말이 있다. "자신을 스스로 무시하지 마세요."

예전의 나는 뭔가 하고 싶어도 현실적인 조건만 보고 '난 안 되겠지'라고 한계부터 생각하는 사람이었다. 하지만 이 책을 읽고 있는 여러분들은 절대 그러지 않길 바란다.

늘 자신과 대화하며
자신의 이야기에 귀 기울여 보았으면 좋겠다.
자신이 뭘 좋아하고 잘하는지,
뭘 해야 행복해지는지, 힘들어도 버틸 수가 있는지.

당장 결과가 나오지 않아 외롭고 초급한 마음이 들 수도 있다. 하지만 시간이 오래 걸리더라도, 다소 길을 돌아가더라도 깊이 탐색하는 과정은 꼭 필요하다. 그리고 그 시간은 결코 낭비가 아니다.

좋아하는 일을 하며 사는 행복감을 알고 나니, 설사 꿈을 이루진 못 해도 '지금 이만큼은 행복하구나, 이 행복을 밑천 삼아 즐겁게 버틸 수 있겠구나' 하는 마음의 여유가 생겼다. 이상하게도 반드시 이루고 말겠다는 독기나 오기가 아니라 기쁨이, 희망이 생겨났다.

○ 어린 친구들을 만나면 꼭 하는 두 가지 말.
○
●
목표를 이루는 건 행복한 일이지만
그 과정도 행복해야 해.

위기를 기회로 생각하는 건 어려워.
하지만 시도해 볼 가치는 충분해.
결과를 예측하고 미리 힘들어하지 마.

포기하는 법

뭐든 초스피드를 자랑하는 대한민국에 태어나 자랐건만 난 그 속도에 따라가지 못하는 낙오자였다. 재수할 때는 월드컵도 안 보고 공부만 하겠다고 작심했는데 막판에 흐지부지됐고, 삼수 때도 처음에는 주변 애들과 농담도 하지 않고 공부만 했는데 후반에는 마찬가지였다. 한마디로 뒷심 부족이었다. 지구력이 약해 연초부터 여름 지날 무렵까지는 계획한 대로 열심히 하다가도 막상 수능 한두 달 전이 되면 통 집중이 안 됐다. 그 시점을 꾸준히 이겨내야 하는데 그러지를 못 했다.

남들이 어느 정도 인정하는 좋은 학교, 인기 학과에 합격하고도 그리 기쁘지가 않았다. 내 결심도 지켜내지 못한 패배자라고 생각했기 때문이다. 삼수에 그친 것도 여지없이 같은 패턴이 반복될 것 같다는 생각 때문이었다. 내가 나를 잘 알아서 포기하게 되는 현실이라니. 참담했다.

사실 공부는 고등학교 때보다는 재수할 때, 재수 때보다는 삼수할 때 더 많이 했다. 조금만 더 노력한다면 원하는 바를 이룰 수 있을 것 같아서 타협을 못했다. 게다가 약한 과목을 더 파야 하는데, 약한 과목은 피하고 점수가 잘 나오는 과목을 더 했다. 좋아하는 과목은 이미 만점에 가까워 약한 과목을 해야만 성적을 올릴 수 있는 상황인데도 말이다.

패턴을 자각하고 나서부터는 마구 자책했다. '상황이 정말 절박한데 왜 자꾸 피하는 거지?' 왜 전략적으로 접근하지 못하지? 집중은 또 왜 못하는 거지?'

대학 생활 또한 이러한 패배 의식을 털어버리려 학과 생활이나 동아리에 집중하기보다는 좋은 곳에 취업해야겠다는 생각으로 바뀌었다.

직업을 고민하며 꽤 긴 시간을 방황하다 좋아하는 것을 찾아봐야겠다는 생각이 들었다. 그러고 보니 학교생활에서 발표할 때가 가장 즐거웠다. 일단 발표할 일이 생기면 대본을 A4 용지에 빽빽이 써서 준비해 외웠다. 한번 볼 때마다 동그라미를 그려 50번씩 쳐놓고 거울을 보면서 또 수십 번씩 반복 연습했다. 청중 앞에 서는 연습을 한다고 어머니 앞에서 실제 발표처럼 연습하기도 했다. 하도 반복해서 나중에는 어머니도 귀찮아하실 정도였다. 거기서 끝이 아니었다. 발표할 빈 강의실에 가서 혼자 연습하고, 친구 한 명을 앞에 앉혀놓고 또 연습하고 나서야 수업 시간에 발표하는 집요함이 있었다.

아주 오래된 창고 안에 처박힌 것만 같았던 자존감과 성취감을 다시 꺼내 느껴보고 싶어 좋아하는 일을 찾아, 먼지를 털어내 갈고닦는 작업을 그렇게 했던 셈이다. 노력은 기대를 저버리지 않았고 반응이 왔다.

"우리 과에 저런 애가 있었어? 발표 잘한다. 목소리도
좋아."

학생들은 술렁였고 교수님은 칭찬해주셨다. 그렇게 난 좋아하는 일로 자존감을 서서히 회복해갔다.

그 이후의 현실은 생각보다 좋은 쪽으로 흘렀다. 경제학과 교수님들과 선배들을 보며 경제학에 대한 학구열이 커졌고, 공립대학교라서 학비도 다른 학교보다 훨씬 싸서 집에도 부담이 덜했다. 우리 학교 출신 아나운서는 아직 흔치 않아 학교에서도 자랑스러워해 주신다. 결과적으로는 다 좋았다.

문제는 그저 편협했던 내 마음이었다. 그래서 이제는 사고방식을 바꾸기로 했다. 마음까지도 좀 더 편하고, 좀 더 긍정적인 사람이 되는 편이 내게 좋은 결과를 가져다줄 것 같아서.

저마다 잘하고 못하는 게 있다는 걸
인정하기까지 참 오랜 시간이 걸렸다.
다 잘할 수는 없다.
다 잘하는 게 비정상이다.

순발력의 팔할은 노력

요즘에는 군계일학 수준으로 순발력이 뛰어난 사람이 참 멋져 보이고 부럽다. 그런 사람은 대개 '재치 있다'는 평가를 받는데, 나 역시 그런 사람이고 싶어서 일단 시도해 보는 편이다. 잘 안 될 것 같다는 느낌이 들어도 시도조차 안 하는 건 싫다. 일단 시도해 보고 '나랑 맞는구나 아니구나'를 판단한다. 해보기 전에는 내가 판단할 수 있는 영역은 한계가 있다고 믿기 때문이다.

아주 가끔 순발력 있다는 칭찬을 듣는데 그만큼 기분 좋은 일도 없는 것 같다. '순발력의 정체는 뭘까?' 생각해 본 적이 있다. 실체를 알아야 기를 테니까. 내가 내린 결론은 그건 팔할이 훈련이고 노력인 것 같다.

물론 순발력을 타고 난 사람도 있지만 정말 드물다. 베테랑 방송인들을 곁에서 관찰한 결과 대부분 노력에 의한 것이었다. 나 역시 노력이 선행됐을 때, 이 정도면 준비 많이 했다고 떳떳하고 당당할 때 나오는 애드리브나 멘트가 제일 반응이 좋다.

나는 많은 분들이 좋아하는 최고 인기 예능 프로그램과 방송인의 영상을 보면서 순발력 훈련을 한다. 프로그램을 보다가 흥미롭거나 중요한 대목이 나오면 일단 재생을 정지한다. '나라면 이 상황에 뭐라고 할까?' 짧게 생각하고 바로 말해 본다.

그리고 다시 재생시켜 '아! 이 상황에 이 사람은 이렇게 얘기하는구나' 확인하고 나와의 차이점을 생각해 본다. 방송인의 교재는 티비니까 다른 분야보다 재미있게 공부할 수 있다. 요즘은 스케줄이 많아서 공부하기 쉽지 않지만 최대한 훈련을 이어가는 중이다.

적어도 할수록 나아질 거라는 믿음으로.

유머 감각 또한 노력으로 어느 정도 경지에 이를 수는 있는데 아무래도 '감'도 상당히 작용하는 것 같다. 대다수는 경험과 노력으로 아는 걸 어떤 사람은 '그냥' 아는 거다.

다양한 레퍼토리를 외우고 익히다 보면 어느 정도 무대에 익숙해질 수는 있는데, 상황 개그는 변수가 많아 기본적으로 전체적인 흐름을 읽는 센스가 있어야 한다.

방송하다 보면 베테랑이 아닌데도 판이 돌아가는 걸 잘 읽고 툭툭 던지는 멘트로 빵빵 터뜨리는 사람들이 있다. 그런 모습이 부러워서 자세히 관찰해봤다. 일단 친화력이 좋고 상대에게 관심을 표하며 잘 웃는다. 쉬워 보이지만 절대 쉽지 않다. 절대로 오버하지 않으면서 상대의 말에 호감 표시를 해야 하기 때문이다.

이런 사람들은 말에 강약이 있으며 적당한 타이밍에 치고 빠진다. 예를 들어 이야기하면서 맞장구치는 사람이 많은데 그건 상대방의 말을 잘 듣고 있다는 신호이고 호감 표시다. 그런데 너무 많이 맞장구를 치면 상대방은 어느 순간 "아, 이 사람은 원래 습관적으로 이러는구나" 하고 실망하거나 다른 사람의 말을 진지하게 듣지 않는다고 선입견을 줄 수 있다. 그 이후에는 어떤 말을 해도 좋은 반응은 돌아오지 않는다.

또 잘 웃는 사람들도 시종일관 웃고 있지는 않은데, 바로 상대 이야기에 집중하고 있다는 진짜 증거다. 그들이 대화하는 모습을 되짚어보면 말하는 사람은 담담한데 이야기를 듣는 사람들만 웃음이 터지다 못해 거의 쓰러져 있는 경우가 더 많다. 상대의 웃음 포인트를 대화를 통해 빠르게 알아낸 것이다. 유머 감각을 빛낼 '기술'은 '경청'이라는 걸 그들은 감으로 알고 있다.

누구나 유머 감각을 지닌 사람을 좋아하고 부러워한다. 이는 아주 귀하고 멋진 재능이다. 비록 타고나진 못했더라도 관찰을 통해 배울 수는 있다고 믿는다. 어쩌면 천재라고 불리는 사람도 일련의 과정을 통해 배우지 않았을까. 예전에는 아무리 노력해도 타고난 감을 따라잡을 수 없다고 낙담하기도 했지만 관찰해보니 지금은 생각이 좀 달라졌다.

순발력도 유머 감각도 상대의 말에 귀 기울이려는 노력, 내 마음이 열려 있어야 가능하다. 그래서 언제나 완전히 열려 있는 사람으로 있으려 한다.

뭐 어때.
그럴 수 있지.
그것도 괜찮네!

아나운서 되기, 아나운서로 살기

많은 사람들이 아나운서가 되려면 말을 잘해야 한다고 생각한다. 하지만 그전에 더 중요한 것들이 있다. 바로 '잘 듣고 잘 이해하기'다. 상대방의 말을 집중해서 듣고 요점을 파악한 후 적절한 대답이나 질문을 해야 한다. 그다음으로 업무와 관련된 대본이나 문서를 빠른 시간 안에 읽고 파악해야 한다. 그렇지 않으면 전달력이 떨어질 수밖에 없다. 어떤 분야의 어떤 글이든 많이 읽어 보는 것이 중요하다.

시간 관리도 중요하다. 이는 타인의 시간의 소중함을 깨닫는 훈련이다. 기본 중의 기본이지만 바쁘다는 핑계로 소홀히 여기기 쉬운 부분이기도 하다. 글을 쓸 일도 많은데, 이것은 의사소통에도 중요한 역할을 한다. 그리고 글쓰기는 내 업무를 정리해 전체적인 시간을 절약하는 데도 도움이 된다.

마지막으로 하나 더 꼽자면, 기억력과 집중력을 기르는 것이다. 방송 현장은 정신없이 바쁘게 돌아간다. 주의가 아무리 산

만해도 지금 하는 일에 집중할 수 있어야 한다. 일의 특성상 새로운 사람과의 만남이 많아서 그만큼 기억해야 할 부분도 늘어날 수밖에 없다. 순간적 암기가 필요할 때는 먼저 읽고 내 말로 뱉어 보고 반복하면서 외운다.

다행히도 나는 사람을 잘 기억하는 편인데, 초등학교 동창도 알아볼 정도니 이것도 재능이라면 재능이지 싶다. 나이를 먹었어도 자세히 보면 예전 얼굴이 남아 있어서 누구인지 알아볼 수 있다. 같은 반이 아니었는데도 먼저 알아보고 말을 걸면 그 친구도 너무 반가워하고 신기해한다.

그런데 최근에는 일하면서 만난 사람들이 너무나 많아서 기억력에 슬슬 한계가 오는 걸 느낀다. 휘발성 기억이 많아져 이래도 되는 건가 불안하고, 만약 같이 일했던 상대를 알아보지 못하면 그 사람이 얼마나 서운할까 싶어 나름대로 방법을 만들었다.

먼저, 처음 만난 순간 상대가 자신을 소개하면 그때부터 속으로 계속 그 사람의 이름을 부른다. 속으로 이름을 부르면서 대화하면 반복량이 꽤 쌓여서 머릿속에 남는다. 기계적인 훈련으로 보일 수도 있지만, 사실 이름 외에 그 사람과의 일을 기억하는 건 그만큼 상대방에게 관심이 있어서다. 내가 과거의 일을 떠올리며 말할 때마다 그 일을 아직도 기억하느냐고 놀라고 기뻐하는 사람들이 많은데, 아마도 그건 자신에게 무관심하지 않은 사람을 만난 것에 대한 기쁨일 것이다.

나 역시 그런 사람을 만나면 기분이 좋다. 살면서 만나는 많은 사람들 중에 괜히 만나는 인연은 없다고 생각한다. 좋은 인연은 좋은 인연대로 그렇지 않은 건 그렇지 않은 대로 나름의 의미가 있다. 어찌 보면 이 모든 것이 다 연결돼 있어서 하나를 열심히 하면 다른 건 따라서 향상되고, 하나를 소홀히 하면 덩달아 모든 것에 감을 잃는 느낌이 든다. 그래서 주변 사람 관리를 매일 하는 기초 트레이닝으로 삼아 꾸준히 하려고 한다.

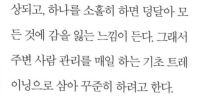

○ 아나운서는 지금 발음 연습 중
○
● 신징 샹송칸훼 내 초코칩이 네 초코칩이냐

#즐거운#발음연습

초대받지 못한 자

운 좋게도 입사 초기부터 대선배들과 방송을 많이 했다. 그래서 아직도 녹화장에 갈 때는 배우러 가는 기분이다. 곁에서 그분들이 방송을 준비하는 모습과 겸손함을 보면서 배우기도 하고 '저런 부분은 닮아야겠다, 흉내라도 내보자' 결심하기도 한다.

내 경우 예능프로그램을 녹화할 때 서너 시간 대기는 기본이다. 어떤 때는 제작진보다 일찍 도착해서 대기실에 이름표도 없고 문도 잠겨 있다. 하지만 시무룩할 때가 아니다. 난 프로니까!

이뿐만이 아니다. 초대받지 않아도 매주 목요일은 〈아는 형님〉 녹화장에 간다. 집에서 녹화장까지 거리는 65km. 한 스태프는 녹화가 없어도 매주 오는 나를 보고 안쓰러워하기도 한다. 하지만 〈아는 형님〉은 내게 중요한 프로그램이다. 그래서 아무리 멀어도 매주 현장에 가서 녹화를 보면서 흐름을 놓치지 않으려고 한다. 이런 노력이 언젠가는 빛을 발할 거라고 생각

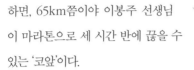

하면, 65km쯤이야 이봉주 선생님
이 마라톤으로 세 시간 반에 끊을 수
있는 '코앞'이다.

보통 방송이 있는 날은 몇 시간 전에 현
장에 도착한다. 고정 방송은 촬영 한 시간
전, 그 외 방송은 두서너 시간 전에 도착해서 준
비한다. 돌발 상황을 대비하기 위해서다.

물론 대본 숙지는 필수다. 대본을 읽으면서 중요한 부분이나
끊어가야 할 부분 등을 표시해 둔다. 이런 준비 과정이 부족
하면 매끄럽게 진행하기 힘들다.

영화 프로그램을 진행하기 전에는 해당 회차에 다룰 영화를
미리 봐 두고, 골프 프로그램을 진행할 때는 평소에 주요 경
기를 봐 두거나 연습장에 들러 연습한다.

여러 사람과 호흡을 맞추는 프로그램을 준비할 때는 게스트
의 최근 활동이나 심경 변화까지도 미리 챙겨 본다. 방송은
여러 사람과 호흡을 맞춰야 하는 작업이다. 재미나 웃음은 타
이밍이 생명인데 게스트를 잘 알아야 적절한 대화나 질문이
오갈 수 있기 때문이다.

모든 것이 일처럼 느껴지는 순간이 위기라고 하는데 아직은 전혀 그럴 기미를 보이지 않는다. 그저 모든 것이 즐겁다. 그러다 보니 누가 시키지 않아도 할 일을 찾아서 한다. 가수가 게스트로 출연하면 검색해서 노래를 들어보고, 배우가 게스트로 나오면 최근 작품을 찾아본다. 궁금한 부분을 메모해 두기도 하고 자료 조사를 하면서 알게 된 부분을 모르는 것처럼 질문으로 바꿔 진행하기도 한다. 시청자들이 알았으면 하는 내용은 출연자가 자연스럽게 말할 수 있도록 질문을 유도하기도 한다. 그게 진행자의 역할이라고 생각한다.

아이돌 그룹처럼 여러 사람이 함께 나올 때는 뮤직비디오나 음악 방송을 보면서 멤버 원샷이 잡힐 때 이름과 얼굴을 매치한다. 다 외웠다 싶으면 나이순으로 살피거나 생일을 맞은 멤버가 있는지 찾아보기도 한다. 방송에서 멤버의 이름을 부르거나 생일을 말해 주면 게스트도 마음을 여는 경우가 많기 때문이다.

처음에는 방송을 앞두고 뭘 준비해야 할지 감이 오지 않았는데, 내가 게스트라고 입장을 바꿔 생각해 보니 준비하기도 점점 수월해졌다. 특정 주제를 다루는 프로그램을 할 때는 진

행자로서 기본을 알아야 한다는 마음에 이것저것 자료를 찾
아본다. 처음에는 '프로그램을 위해 이 정도는 해야지'라는
마음이었다. 하지만 시간이 흐르고 생각해 보니 나를 위한 것
이었다.

물론 처음부터 이렇게 기특한 생각을 하지는 않았다. 방송 생
초짜를 지나 어느 정도 익숙해질 무렵 '이 정도는 할 수 있다'
고 우쭐한 마음에 준비를 조금 소홀히 했다가 대차게 망가져
너무 창피했던 기억이 있다.

원래는 스스로 과하다 할 정도로 반복해서 준비하고 이 정도
면 됐다는 판단이 설 때야 멈추는데, 그때의 나는 기준이 좀
느슨해졌던 것 같다. 아무튼 그런 기분을 다시는 겪고 싶지
않아 생긴 습관이다. 운전도 초보를 벗어날 무렵이 제일 위험
하다고 하는데 내가 딱 그랬다. 버릇을 확실히 고쳤으니 전화
위복은 됐지만 그때가 생각나면 반성모드에 빠지면서 예민
한 성규로 바뀐다. 남들이 모르는 이러한 예민함을 때론 나
를 피곤하게 한다.

내 성향을 바꾸기는 어려우니
장점을 잘 살리는 방법밖에 없다.
유난히 지치고 힘든 날도 있다.
방송할 때는 좋아하는 일이니까 몰입해서 잘 모르지만
끝나고 나면 파김치가 되기도 한다.
그런 날에는 잠들기 전에 나를 다독인다.

　'성규, 오늘도 잘했어, 수고했어.'

그러면 신기하게도 다시 기운이 난다. 적어도 나에게는 그런
혼자만의 시간이 필요하다. 원래 혼잣말을 많이 하는 편인데
아나운서가 되기 전부터 말하는 연습을 할 때 일명 '내게 말
걸기'를 많이 했다.
쉬는 날은 보통 아내와 아들 하준이와 함께 보낸다. 가끔은
가까운 일가 친척들과 함께 시끌벅적하게 보내기도 한다. 또
가끔은 혼자 심야영화를 보기도 한다. 수고한 나에게 주는
선물 같은 시간이다.

아나운서인데 유쾌한 모습도 보여서 작은 일이 이슈가 되기
도 하고, 많은 분들이 호감을 갖고 봐 주신다. 이 덕분에 일반
적으로 아나운서가 하는 일 외에도 할 수 있는 일의 범위가
좀 더 넓어졌다.

앞으로도 장성규다운 요소를 담은 콘텐츠를 만들고 싶다.
시간이 좀 걸리더라도 차근차근 그렇게 해나갈 생각이다.

천재들은 모르는 노력의 맛

방송을 앞둔 사람들은 겉으로 티를 내지 않으려고 노력할 뿐 대부분 긴장한다. 특히 새로운 포맷의 프로그램을 대할 때나 잘 모르는 사안을 말해야 할 때, 생방송에 갑자기 투입됐을 때는 베테랑들도 마찬가지다. 유독 나만 그런 줄 알았는데 실상은 그렇지 않았다.

긴장감을 풀기 위해 심호흡을 하며 마인드컨트롤도 해 봤지만 소용없었다. 다양한 노력과 고민 끝에 내가 찾은 긴장 해소법은 '무한 연습'이다. 셀 수 없이 연습하면 머리로 생각하지 않아도 입이 기억하고 저절로 말이 나온다. 대학 시절 발표나 MBC 〈신입사원〉 오디션에 참가했을 때, 다른 사람을 설득할 때도 경험했기 때문에 그 무엇보다 연습의 힘을 믿게 되었다.

MBC 〈신입사원〉 실전 무대에 섰을 때 너무 떨려서 주어진 시간이 어떻게 갔는지, 내가 어떻게 했었는지 기억도 나지 않았다. 그런데 화면 속의 나는 반사적으로 마치 입력된 기계처럼 연습했던 것을 풀어놓고 있었다.

연습으로 나만의 무기를 만들고 그 무기를 내
놓았을 때 반응이 좋으면 긴장이 풀어진다.
편한 길을 찾는 사람에게는 뻔한 결론일 수도
있지만 내게는 하나뿐인 진리가 되었다.

그렇다면 얼마나 노력해야 할까? 답은 나 스스로가 인정할
만큼이다. 열심히 한다고 다 알아주지 않지만 열심히 하지 않
으면 특히 방송계에서는 설 자리가 없어진다.

'장성규'는 시청자들이 아나운서에게 기대하는 이미지와 달
리 가벼운 이미지다. 그래서 나를 대충대충 기분 내키는 대로
진행하는 녀석으로 보는 사람도 많다. 하지만 방송을 준비하
는 과정만은 그렇지 않다고 자신한다. MBC 〈신입사원〉에서
만담을 할 때도 수백 번 연습했다. 나는 설렁설렁 일하면서
잘할 만큼 능숙하지도, 간이 크지도 않다.

나를 따라다니는 '무규칙 별종' 이미지는 실제 나와는 거리
가 멀다. 놀면서 잘하면 좋겠지만 사실 엄청나게 노력하는, 그
럴 수밖에 없는 타입이다. '대충해도 잘하는 천재 스타일이라
면 얼마나 좋을까?' 이런 생각을 하다가도 노력해서 뭔가 해

낼 때, 그 나름의 쾌감이 있다. '아마 천재는 이런 노력의 맛을 모르겠지. 음 하하하' 하고 혼자 마인드컨트롤을 한다.

다시 방송 이야기로 돌아오면, 대본을 사전에 숙지하되 대본에 한정해서 진행하지 않도록 신경 쓴다. 아무래도 현장감을 살려야 할 때가 많기 때문이다. 다행히 애드리브가 본능적으로 나오는 편이지만 늘 그렇지는 못 하다. 연습을 많이 해서 마음이 편하고, '이 정도면 됐다'라고 느낄 때 애드리브도 발휘되곤 한다.

상반기를 돌아보고 미래를 이야기하는 사내 콘퍼런스 진행을 맡은 적이 있다. 잘하고 싶어서 나흘 동안 새벽까지 회사에 남아서 연습했다. 아직은 뭔가 대단해지고 싶어서가 아니라 그저 방송에서 실수하지 않고 싶은 마음이 크다.

경험이 없는 분야는 더 그렇다. 〈시트콩 로얄빌라〉를 할 때는 연기가 처음이라 대본에 동그라미를 100개 그렸다. 한 번 읽을 때마다 하나씩 체크하면서 대본을 읽겠다는 각오였다. 100번을 다 채워 읽으니 그제야 마음이 좀 편해졌다. 녹화 전날 한숨도 안 자고 지하 3층에서 혼자 연습했다.

아무도 나한테 그만큼 기대하지도 않는데 뭘 그렇게까지 하냐고 할 수도 있지만, 첫 녹화 때에 NG를 한 번도 내지 않아서 뿌듯했다. 지금도 새로 시작하는 프로그램이 있으면 일주일 전부터 잠을 설친다. 심지어 녹화를 망치는 악몽도 꾼다. 그런 악몽을 현실에서 겪고 싶지 않다. 방법은 연습뿐이다.

긴장감 외에 치명적인 핸디캡이 또 하나 있다. 바로 심각한 '카메라 울렁증'. "방송이며 SNS에서 별별 너스레를 다 떠는 개나운서 장성규가? 에이 엄살이겠지"라고 생각하는 분도 있다. 하지만 방송한 지 8년이 지난 지금까지도 그렇다. 무대에서 떨어 본 적이 없다는 타고난 방송인들도 있다. 하지만 나는 그런 사람들과는 거리가 멀다.

어릴 때 반장 선거만 나가도 너무 떨렸다. 전교 학생회장선거 때도, 대학 시절 발표를 할 때도, 친구 결혼식 사회를 볼 때도 그랬다. 방송을 시작하고 녹화 방송을 할 때는 그나마 낫다. 관중이 있는 방송은 긴장감이 최고조에 이른다. 코멘트를 했다가 반응이 썰렁하면 내가 큰 죄를 지은 것 같은 초조감에 자꾸 실수했다. 후회하면서 자책하느라 다른 사람 말을 못 듣고 뒤이어 온 좋은 타이밍까지 놓치는 일이 반복됐다.

생방송을 앞두고 무대에 서기 전부터 손이 차가워지고 입술
이 떨렸다. 갑자기 화장실에 가고 싶기도 했다.

생방송 〈믹스나인〉 진행을 할 때는 하도 긴장을 해서 손에 땀
이 나는 바람에 마이크에서 전기가 올 지경이었다. 손이 마비
되는 느낌에 충격을 받았는데 한동안 손이 마이크와 붙은 채
움직이지 않았다. 하지만 눈앞의 수많은 출연자와 제작진 앞
에서 MC가 떠는 모습을 보일 수 없었다. 특히 출연자가 이 상
황을 알면 얼마나 더 긴장될까 싶어서 아무렇지 않은 척 너
스레를 떨었다.

더구나 프로페셔널한 MC 노홍철 씨 대신 중간에 딱 한 번 투
입되는 기회, 모두에게 인정받고 싶었던 자리라 티를 내지 않
으려고 무지 애썼다. 방송 때는 다행히 아무도 눈치채지 못했
다. 방송을 마치고 제작진으로부터 잘했다는 칭찬과 파이널
방송도 함께하자는 제안을 받았다. 대성공이었다.

처음에는 내가 방송인이 이렇게 심한 카메라 울렁증을 가졌
다는 걸 받아들이기 힘들었고 무섭기까지 했다. 하지만 이제
는 그 압박을 이겨냈을 때 오는 더 큰 성취감을 아니까 어떻
게든 버틸 수 있게 됐다.

그리고 나는
원래 그런 사람이라는 것도 받아들이게 됐다.
내게는 대단히 큰 변화다.

'이제 방송에서 어떤 상황이나
상대를 만나더라도 위축되지 말자.
어떤 상황이든 내 무기를 꺼낼 수 있는 사람이 되자'
다짐한 순간이었다.

두려움도 실패도 쌓이니
꽤 괜찮은 경험이 된다는 걸 그때 알았다.

방송인의 자질

훌륭한 방송인, 시청자들에게 사랑받는 방송인이 되려면 어떤 자질을 갖추어야 할까?

먼저, 전달력이 좋은 방송인이 되기 위해서는 대본을 잘 숙지해서 읽는 것은 물론, 자신의 언어로 체화해 자연스럽게 표현할 수 있어야 한다. 말속에 인간미와 따뜻함이 있는 방송인, 말 한마디 한마디에 자신에 대한 성찰과 상대방에 대한 공감이 묻어나는 사람이 정상에 설 수 있다는 사실을 매일 현장에서 확인하고 있다.

또 하나, 자신의 존재감을 드러낼 줄 알아야 한다. 가만히 있어도 눈에 띄는 '미친 존재감'을 드러내는 사람이 있다. 같은 말도 누가 하느냐에 따라 파장이 다른데, 외모든 내면이든 자신의 한마디에 귀를 기울이게 하는 힘이 있고 없고는 참 중요하다. 프로그램 안에서 방송 진행자 외에 열 명이 넘는 패널이 있을 때도 독보적으로 주목받는 사람이 있다. 진행하다 보면 '아 오늘은 이 사람이다' 할 만큼 존재감이 나타난다. 그런

재능을 타고났다면 참 부러운 일이고, 노력으로 이뤘다면 존
경할 만한 일이다.

소위 '뜨는' 것보다 더 중요한, '장기집권'을 위해서는 임팩트만
으로는 부족하다. 완급 조절을 잘할 줄 알아야 한다는 것도
현장에서 배웠다. 감정이 격해질 상황에서도 정도를 놓치지
않는 선배들을 보면 역시 베테랑이라는 생각이 저절로 든다.

요즘은 좀 덜하지만, '아나운서가 그런 것도 하냐'는 말을 참
많이 들었다. 나는 아무리 어려워 보이고, 생소해도 상황이
주어지면 일단 뛰어드는 스타일이다. 내가 할 수 있는 모든 것
을 하고 싶다. 할 수 없을 것 같은 일도 일단은 해 본다. 할 수
있는지 없는지는 해 봐야 아는 거니까.

그래서 아나운서지만 예능도 자주 한다. 〈시트콩 로얄빌라〉
에서는 연기도 했다. 연기에는 문외한이라 이 분야에는 욕심
을 내 보지도 못 했는데, 언젠가 김석윤 국장님을 만난 자리
에서 그가 이런 말을 건넸다(그는 인기 시트콤과 영화를 연출했
고, 〈시트콩 로얄빌라〉의 담당 국장이기도 했다).

"우리 아내가 성규 씨 나오는 프로그램을 너무 재미있게 봐. 언제 같이 작품 한번 해요."

그로부터 두 달 정도 지난 후 김 국장님으로부터 같이 일해 보자는 연락이 왔다. 그는 자기가 한 말을 꼭 지키는 사람이었다. 연기한다기보다는 그와 함께 일하고 싶다는 마음이 컸다. 나로서는 그야말로 영광이었다.

사실 내가 주로 맡은 예능 진행 또한 어느 정도 연기력이 필요한 일이라, 따지고 보면 별개의 일은 아니다. 더구나 〈시트콤 로얄빌라〉는 시트콤 콩트라 예능과도 크게 다르지 않았다. '능숙함과 완성도가 얼마만큼 요구되는 무대냐'의 정도 차이라 할 수 있다.

익숙하지 않은 일을 마주할 때면 '해낼 수 있을까?' 하는 마음이 먼저 드는 게 사실이다. 하지만 도전은 어차피 쉬운 일이 아니라고 생각하고 일단 해 본다. 나에게 있어 도전하지 않는 삶은 숨 쉬지 않는 삶과 같으니까.

○ 〈아는 형님〉에 분장을 하고 출연했는데
● 강호동 선배가 내게 물었다.

Q "손석희 사장님이 뭐라고 안 하세요?"
A "날 지웠대."
Q "〈뉴스룸〉에서 볼 수 있을까요?"
A "사고 치지 않으면 안 나갈…"

과감히 답했더니 오히려 반응이 좋았다.
손 사장님의 뉴스 컷과
"잘 가라 성규야"라는 멘트를 합성한
화면이 이슈가 됐을 정도이다.

말 그대로 사고 치지 않는 이상
〈뉴스룸〉에 나올 일은 아마 없을 것 같다.
그런 날은 절대로 안 오면 좋겠다.
좋은 쪽으로 '대형 사고'라면 모를까.

우리 대장, 사장님, 선장님

이 책을 읽는 독자 중에는 나와 손석희 사장님과의 일화가 나오는지 궁금해할 사람들이 있을 것 같다. 내가 그동안 방송에서 무수히 이야기해 왔던 분이고, 또 누구나 궁금해할 만한 분이기 때문이다. 그동안 손 사장님을 방송에서 너무 활용하는 게 아닌가 싶어 늘 죄송한 마음이지만, 이 책에서도 조금 그에 관한 이야기를 풀어 볼까 한다.

'우리 대장, 대표이사님, 선장님.'
아나운서들에게는 물론이요, 방송 준비생들에게 신적인 존재. 십수 년간 '존경받는 언론인' 부동의 1위가 바로 손석희 사장님이다.
이런 사람과 동시대에 살며 같은 공간에서 일하고, 가끔 식사를 할 수 있다는 것이 몇 년이 지나도 마냥 신기하다. 언젠가는 역사책에 나올 것 같은 분이라 내가 한 여든쯤 되면 그분을 역사 속 위대한 인물로 회고하는 증인이 되지 않을까 하

는 상상도 한다. 언젠가 〈에스콰이어〉 매거진과 인터뷰를 했을 때, 에디터가 '진지함과는 거리가 먼 것 같은데 존경하는 인물은 손석희라고 대답하는 장성규를 만났다'라고 운을 뗀 적이 있다. 맞다. 손 사장님은 내가 세상에서 가장 존경하는 분이다.

'손석희 파워'를 가까이서 보고 느낄 수 있다는 건 커다란 행운이다. 대개 권위자에게는 위압감이 있고 그 분위기 때문에 다가가기 쉽지 않다. 그런데 손 사장님은 그걸 아셔서 주변인들을 배려하려고 노력하신다. 대화의 자리에서 가끔 후배들이 까불어도 다 받아 주신다. 사적인 자리에서 더 인간적이고 매력적이다.

원래 말이 길지 않으신데, 짧지만 강렬하다. 어지간한 사람은 그 카리스마에 눌려 꼼짝을 못한다. 하지만 내게는 엄마 같은 존재다. 아무리 허튼짓을 해도 늘 따뜻하게 품어 주신다. 나는 그에게 속 썩이는 막내아들쯤 되려나? 그만큼이라도 됐으면 좋겠다. 그렇다면 언젠가는 정신 차리고 효도할 여지가 있으니까.

내가 어려운 자리에서 얼어 있으면 먼저 농담을 건네주시고, 사석에서 뵐 때 가볍게 굴면 싫어하실까 봐 말을 안 하고 있으면 "너답지 않다"라며 먼저 분위기를 풀어 주곤 하신다. 언론인으로서, 사회 선배로서 존경스러울 수밖에 없다. 그는 동안으로도 유명한데, 그건 타고난 부분도 있겠지만 그만큼 생각이 젊고 센스를 잃지 않으려 노력하기 때문일 것이다.

부와 명예를 동시에 가지고도 남을 만한 커리어를 가진 사람이지만, 욕심을 내지 않고 자제하는 모습도 존경스럽다. 모르긴 해도 한다고 하는 대기업에서 앞다퉈 모시고 싶어하을 것이다. 광고나 강연 제의도 셀 수 없이 많았을 것 같다. 관계자에게 듣기로는 그런 제안에 한결같이 사양하셔서 이제는 감히 여쭈어보지도 못 하는 분위기라고 한다.

손석희 사장님에 대해 어떻게 생각하냐는 질문을 참 많이 받는다. 최고의 찬사를 드리고 싶은데, 한편으로는 어떤 찬사를 붙여야 할지 잘 모르겠다. 그게 내 표현력으로 감히 될 거 같지 않고 사실 언급 자체가 죄송스러울 때도 있다.

한때 나는 '리틀 손석희'를 자처하는 무리수로 많은 사람들

에게 어이없는 웃음을 주기도 했다. 그건 절대 그렇다고 생각
해서가 아니라, 조금이나마 그렇게 되고 싶은 내 열망의 표현
이었다. 많은 분들이 '손석희가 지운 아나운서'라는 타이틀을
좋아하니 그 편이 더 맞는 것 같다. 내가 JTBC의 유일한 '방
목형' 아나운서인 건 사실이니까.

〈냉장고를 부탁해〉에서 많은 사람들이 기대했던 손석희 사
장님과의 전화 연결은 방송에서는 이뤄지지 않았다. 하지만
사장님께서는 나중에 연락해 주셨다. 그리고 문자로 굵고 짧
은 코멘트를 남기셨다. 방송에 나갔으면 대 히트였을 텐데, 나
만의 비밀로 남기기로 했다.

얼마 전 '2018 아나운서대상 시상식'에서 'TV 진행상'을 받
고 소감을 말할 기회가 생겼다. 사장님이 앞에 앉아 계셔서
할까 말까 고민했는데, 그냥 질러 버렸다.

　"갈 곳 없던 저를 품어준 JTBC, 감사합니다.

　JTBC 아들로서 살아온 지 이제 7년이 막 넘었습니다.

　지난 7년간 JTBC는 제 마음의 집과 같은 곳이었습니다.

　이 자리에 올 수 있도록 잘 길러 주시고 보살펴 주신

손석희 사장님께 이 자리를 빌려 깊은 감사를 드립니다.

제가 JTBC의 아들이니 이 자리를 통해서

손 사장님을 이렇게 한번 칭하고 싶습니다.

아빠! 잘 키워 주셔서 감사합니다.

또 시말서 쓰겠네요."

손 사장님은 웃으면서 손으로 컷 모션을 하셨다. TV 진행자 상을 받고 난 후 왜 이 상을 주셨을까 고민해 보았다. 아마도 더 좋은 아나운서, MC, 어른이 되라고 주신 것 같다. 그래서 나는 늘 한계까지 까불지만, 절대 회사나 대표이사님께 누가 되지 않는 선까지만 한다.

방송이나 SNS 인터뷰에서 늘 존경하는 인물로 손석희 사장님을 꼽는 나를 두고, 아부가 너무 심하다고 하는 사람들도 있다. 근데 상사가 너무 멋있는 걸, 어쩌나. 그래서 나는 그냥 쭉 밀고 나갈 예정이다. 왜! 뭐. 왜.

○ 내 목표 중 하나는
○
● 손석희 사장님 얼굴에
  먹칠하지 않는 것이다.
  #사랑해요#사장님

꼬리에 꼬리를 무는 자격지심

JTBC에 입사한 이래 주말 메인 뉴스, 시사, 예능, 스포츠, 유튜브까지 다양한 프로그램을 섭렵했다. 〈방구석 1열〉 〈아는 형님〉 〈취존생활〉 〈뉴스페이스〉 〈관종투어〉 〈오늘 굿데이〉 〈김국진의 현장박치기〉 〈남자의 그 물건〉 〈골프 매거진〉 등을 진행했고, 〈시트콩 로얄빌라〉에서 시트콤 연기도 해 봤다.

시간만 된다면 들어오는 일을 마다하지 않는다. 그러다 보니 프로그램은 물론 JTBC의 각종 행사 MC까지 도맡았다. 사내 광고에도 출연했다. 분위기를 살리고 주위 사람들을 즐겁게 하는 게 내 몫이라 생각한다. 누가 억지로 시키지도 않는데 저절로 그러고 있다. 이것도 일종의 강박이다.

하지만 전통적인 아나운서 이미지대로 엄숙하고 근엄한 진행도 할 수 있다. 사람들을 웃기는 게 좋긴 하지만 때와 장소는 가릴 줄 안다. 어떤 행사든 아나운서로서 사회를 볼 때는 철저히 농담을 배제하고 사석에서는 한층 더 예의를 갖춘다. 재미와 경박스러움은 다르니까.

JTBC 입사 초반은 내가 뭘 할 수 있는지, 어디까지 할 수 있는지 한계를 확인해 보고 싶었던 시기였다. 아나운서가 성인용품점 잠입 취재까지 갔었으니 그때 시청자들은 꽤 깊은 인상을 받지 않았을까. 사회생활을 시작하면서 5년까지는 가급적 내 스타일을 고집하지 말자는 원칙을 세웠다. 회사가 나에게 이런저런 가능성을 제안해 주면 무조건 잘 따르자는 생각이었다.

JTBC 초창기에 방송된 〈김국진의 현장박치기〉는 우여곡절의 끝판왕이었지만, 그만큼 추억도 많이 남는다. 입사 2년 차에 맡았던 프로라 의욕이 넘치는 바람에, 첫 녹화 때 너무 오버해서 재녹화를 했던 기억이 있다. 물론 나중에는 적응을 잘해서 5분 분량이 10분으로 늘어나고, 나중에는 MC였던 국진이 형과 공동 진행까지 맡았다. 얼마 전에 국진이 형과 같은 방송에서 만났는데, "성규가 몇 년 사이에 많이 성장했네." 하고 칭찬해 주셔서 기뻤다.

국진이 형은 만날 때마다 미리 준비하면 좋을 것들을 과제로 내준다. 한번은 내게 영어 공부를 탄탄히 해 두면 좋다고 해서 영어 회화 공부를 다시 시작했다. 다만 이 미션을 완료하지 못해서 다음 미션을 못 받는 게 함정이다.

방송 초기에는 누군가 내게 돌직구를 던지면 상처를 많이 받았다. 뭘 해도 잘 풀리지 않는 시기도 있었다. 〈김국진의 현장박치기〉 이후 〈신화방송〉까지 한창 예능 프로그램을 잘해 왔고, 칭찬도 많이 받다가 어느 순간부터 예능프로그램 제의가 뚝 끊겨 버렸다. 한동안 아무도 나를 찾지 않으니 점점 우울했고 뭔가 공허했다. 나는 JTBC 정직원이니 프로그램을 적게 한다고 월급이 깎이는 것도 아니고 주어진 일만 착실히 하면 된다. 하지만 사람들이 나를 잊은 것 같고 심지어 싫어하는 것 같다는 자격지심마저 들었다.

지금 생각해보면 참 쓸데없는 고민이었구나 싶다. 장성규를 잘 알고, 관심이 있어야 싫어하기라도 할 텐데……. 하지만 그때는 심각했다. 기회가 온다면 항상 열심히 할 준비가 되어 있었는데, 그때 내가 할 수 있는 일은 프로그램이 나에게 오기를 기다리는 방법밖에 없었으니까.

속상하기도 하고 궁금해서 피디 선배들에게 조언을 구하러 다녔다. 내가 부족한 건 알겠는데, 내 문제는 뭘까? 내 진행 능

력이나 순발력이 문제일까? 트렌드에 변화가 온 걸까? 모두 짐
작뿐이어서 전적으로 내 문제라고 생각하고 예능을 더 공부
하기로 했다. 시간이 날 때마다 내가 할 수 있는 연습을 하면
서 시간을 보냈다.

하지만 매번 의욕이 넘쳐 녹화 때마다 애드리브 욕심을 내 제
작진의 눈총을 받았다. 자신에게 주어진 역할만 하면 되는데,
애드리브를 생각하는 데 정신이 팔려 제 역할도 다 못 했다
고……. '웃음 하나는 터뜨리고 가야지'라는 부담에 짓눌리다
그냥 돌아오는 경우도 있었다. 제작진은 내게 충고했다.

> "네 방식이 재미있고 옳은 방향으로 가고 있다고 믿어
> 야 해. 스스로 믿지 않아서 부자연스러운 부분이 나오
> 는 거야."

그렇게 2년 넘게 방황 아닌 방황을 했다. 일은 꾸준히 했으니
겉으로 보기에는 멀쩡했다. 회사원이니 해야 하는 일들은 항
상 있었다. 주로 교양 프로그램을 진행하면서 매일매일 열심
히 살았지만 내심 불안했다. '이대로는 내 장점인 재치와 순발

력을 발휘하기 어렵지 않을까?'

그런 내게 주위 사람들은 조바심 갖지 말고 잠깐 쉬어 가는 시간이라 생각하라며 조언을 아끼지 않았다.

그런데도 불안감은 도통 사그라지지 않았다. 머리로는 이해가 가는데, 도저히 평정을 되찾기 힘든 나날이 계속됐다. 고맙게도 힘들어하는 나를 알아봐 준 국진이 형, 김구라 선배님 등 나를 아끼는 선배님들이 내가 조언을 구하기도 전에 연락을 주셨다. 이미 방송 생활의 희로애락을 먼저 겪었던 분들이라서 그런지 그들의 위로는 특히나 마음에 와닿았다. 나에겐 그만큼 이 상황이 버거웠고, 누군가의 조언이 절실했던 거다.

다행히 선배님들의 조언과 겸사겸사 시작한 운동이 좋은 약이 되었다. 지나간 일이니 이렇게 툭툭 털어놓기라도 하지 당시에는 그조차도 하지 못했다.

지인들로부터 응원을 받고 내가 해야 할 일을 하면서 시간이 흐르고 나니, 점차 내가 이 자리에 소속된 것만으로도 감사한 일이라는 생각이 들었다. 그리고 난 이미 내가 생각했던 것보다 훨씬 잘되어 있다는 것도 깨달았다. 그동안의 우울함과 불안함은 더 나은 것만, 더 빛나는 쪽만 바라봐 온 욕심 탓이었다.

한때는 예능을 완전히 포기하려 한 적도 있다. 메인 MC를 보는 예능의 고수들은 자기 대본만 보지 않고 CP처럼 프로그램 전체를 본다. 게다가 짧은 시간에 어마어마한 기싸움이 빗발치는 게 흔히 있는 일이라, 타이밍에 맞춰 치고 나가거나 화제를 전환하고, 아니다 싶으면 칼같이 잘라내는 분위기다. 그런 고수들 사이에 있다 보니 입사 초에는 예능 울렁증으로 인해 활약을 보이지 못했다.

때마침 회사에서는 나에게 아침 종합 뉴스인 〈아침&〉의 진행을 맡겼다. 슬럼프에 빠지고 나니 오히려 아나운서 본연의 모습으로 돌아가게 되었다. 뉴스를 하니 가족들은 번듯한 모습을 자주 볼 수 있어서 예능을 할 때보다 더 기뻐했다. 이제야 아들이 자리를 잡는 것 같다고 말이다. 아쉬움은 있었지만 부모님이 좋아하시니 뉴스가 내 길인가 보다고 여겼다.

그렇게 예능에 대한 미련을 놓고, 다른 분야를 온전히 받아들이려고 하는 찰나에 〈아는 형님〉에서 출연 제의가 왔다. 걱정 끝에 나온 돌파구는 아니었고, 시간이 해결해 준 셈이다.

내가 바로, 장티처야!

시청자들에게 제대로 얼굴을 알린 건 〈아는 형님〉 덕이 크다. 감사하게도 애청자들로부터 '제8의 멤버'라는 애칭까지 얻었다. 입사 이래 다수의 예능과 교양 프로그램에 출연하며 꾸준히 방송을 했지만 인지도는 딱히 변동이 없었다.

그런데 〈아는 형님〉에 출연하자 갑자기 알아보는 사람이 늘어났다. 아나운서 7년 차가 되어서야 대중적인 관심을 받기 시작한 셈이다. 〈아는 형님〉을 보고 팬이 됐다며 내 과거 영상들을 찾아보는 사람들도 생겼다. '역주행'이 시작된 거다. 아나운서계의 EXID다. 〈아는 형님〉 속 고정 멤버의 역할이 친근함이라면, 내 역할은 의외의 신선함을 보여 주는 것이었다.

처음 〈아는 형님〉에서 내게 제안한 역할은 당시 핫한 〈프로듀스 101〉의 장근석 패러디 분장이었다. 아침 뉴스 앵커가 〈프로듀스 101〉의 장근석 패러디 분장을 해야 한다니. 게다가 〈아는 형님〉은 당시만 해도 마니아틱한 프로그램이었다. 상황만 따지고 보면 굉장히 고민스러운 결정을 해야 하지만 나는 섭

외 전화를 받자마자 쾌재를 불렀다. 아무것도 재지 않고 무조건 OK했다. 게스트로 인기 그룹 아이오아이(I.O.I)가 나온다니 그것만으로도 출연의 이유는 충분했다.

원래 내게 준비된 가발은 단발 스타일이었고 긴 머리는 호동이 형 몫으로 준비됐는데, 형은 짧은 가발을 선호해서 나와 맞바꾸게 되었다. 그런데 그게 신의 한 수가 될 줄이야! 모든

것이 맞아떨어졌다. 배우 장근석과 목소리 톤도 비슷하게 낼 수 있었는데, 당시 아이오아이를 탄생시킨 Mnet 〈프로듀스 101〉을 많이 봐두었던 것이 도움이 됐다. 그날 방송은 〈아는 형님〉 역대 최고 시청률을 경신했고, 시청률도 두 배 이상 올랐다. 방송이 나가고 장성규라는 이름이 JTBC 입사 이래 처음으로 한 포털사이트의 실시간 검색 1위에 올랐다. 한꺼번에 많은 관심을 받으니 기분이 굉장히 좋았다. 실검에 언제까지 올라 있는지 시간을 재 봤을 정도다. 행복한 나날이었다. 뉴스는 영영 못 하는 거 아니냐는 걱정을 듣기도 했지만. 걱정은 나중에!

JTBC 〈아는 형님〉의 장대표

새로운 모습으로 등장할 때마다 JTBC 〈아는 형님〉의 형님들
은 "고생이 많다", "이번 생에 뉴스는 끝났다", "성규 아직 프리
안 했니?", "프리 선언했으면 좋겠어"라고 놀려댔다. 내 SNS에
수많은 댓글도 달렸다.

ss* ㅋㅋㅋㅋㅋ장대표 덕분에 배 찢어지는 줄 알았어요ㅋㅋㅋㅋㅋㅋㅋㅋ
재미있었습니다!!!!

jangsk83 잇츠 대댓 타임마, 장성규 본인 등판_
찢어져도 내가 꿰매 줄 거니까. 맘껏 웃어 임마!

'배우 장근석 패러디' 편은 비하인드 스토리가 좀 더 있다.
JTBC 아나운서, 나아가 방송인이라는 큰 카테고리 안에서
나는 남들보다 눈에 띄고 싶었다. 한마디로 유명해지고 싶었
다. 하지만 배우 장근석을 패러디하는 모습으로 출연한다고
보도국에 보고하면, 돌아올 답변은 불 보듯 뻔했다. 그래서
몰래 일을 저지르고 말았다. 절차를 무시하고 나갔으니 시말
서를 쓸 각오까지 했다. 방송 후 아침 뉴스 팀장님께서 조용
히 부르셨다.

"다른 팀장한테 들었어. 〈아는 형님〉에 가발 쓰고 나가
서 춤췄다며? 말을 하고 나가지 그랬어."

보고했으면 다시 생각해 보자고 하셨을 거면서……. 사랑합
니다! 팀장님.

내게 〈아는 형님〉은 평생 한 번 만날까 말까 한 귀인이다. 예
능 프로그램이 뚝 끊기고 교양 프로그램만 주어져 예능 쪽은
이제 포기해야 하나 싶었던 무렵에 만난 프로이기 때문이다.
〈아는 형님〉은 〈김국진의 현장박치기〉에서 조연출로 만난 최
창수 PD의 입봉작이다.
창수 형은 그전 프로그램에서도 한 번씩은 나를 불러 줬었는
데, 사실 그러기가 쉬운 일은 아니다. 감독으로 입봉한 후에
다시 나를 불러 줬는데, 어떻게 열심히 안 할 수가 있나! 물론
처음에는 좀 주눅이 들었다. 고정 멤버나 스태프들이 낯설어
할까 봐 혹은 낙하산으로 볼까 봐 걱정스러웠고, 짧은 시간
안에 어떻게든 분위기를 살려야 한다는 강박도 있었다. 몇 번
헛발질하다 I.O.I 편이 하나의 전환점이 되었다.

그림 @tsubshim

'관밍아웃'을 하니
어떤 분장을 해도
창피하지 않았다.

좋아하는 창수 형의 프로그램에서 좋은 결과를 함께 만들어 더 좋았다. 나를 기용한 사람이 후회하지 않을 만큼의 역할을 하고 싶었고, 앞으로도 형에게 그런 존재가 되고 싶었기 때문이다. 그 편에서 반응을 얻자 이후에는 좀 더 가벼운 마음으로 프로그램에 임할 수 있었다.

5년간 SNS 활동으로 모인 팔로워가 4천 명 정도였는데, 〈아는 형님〉 방송 이후 일주일 만에 팔로워가 1만 명을 넘어, 방송의 힘을 체감하기도 했다.

뉴스에서는 점잖아야 하겠지만, 예능에 나가면 사람들을 웃기고 싶다. 다 같이 웃으면 좋다.
요즘은 아나운서의 역할이 뉴스 프로그램 진행에 국한되는 게 아니라 예능 프로그램이나 드라마 출연에까지 확장되고 있다.
아나운서 이상으로 '아나테이너'를 꿈꾸는 사람들이 많을 거라고 생각한다. 김성주 선배나 전현무

JTBC 〈아는 형님〉 최창수 피디와 함께.

선배가 이미 예능 MC로 길을 잘 닦아 나는 그들보다는 덜 어
렵게 그 길을 가고 있다. 특히 전현무 선배는 망가짐도 불사하
며 아이돌 댄스를 재해석하고, 예능감을 발산하며 MBC〈연
예대상〉에서는 대상까지 받았다. 그러한 형들이 길을 열어주
신 덕분에 내가 이만큼 자유롭게 갈 수 있다고 생각한다.

나는 시청자들에게 즐거움을 줄 수 있다면 뭐든지 할 생각이
다. 이제까지도 그랬고 앞으로도 그럴 것이다.

목숨 건(!) 환상의 호흡, 앉아 씨.방.새.야!

나의 7년간 방송 역사 속에서 가장 기억에 남는 장면이 있다.
'앉아 씨.방.새.야.'

먼저 짚고 넘어가야 한다. 여기서 '씨방새'는 욕이나 비속어가
절대 아니다. '씨름에서도 날아다니고, 방송에서도 날아다니
는 새'의 줄임말일 뿐이다. 내가 〈아는 형님〉에서 강호동 형에
게 과감하게 던져서 꽤 화제가 된 멘트다.

경훈이가 씨방을 만들었고, 수근이 형이 씨방새로 발전시켰
으며, 희철이가 호동이 형을 씨방새로 소개했고, 들떠서 세리
머니를 하는 호동 형에게 선배 역할을 맡고 있던 난 경거망동
하지 말라는 의미로 '앉아 씨방새야!'를 외쳤다. 혼자만으로
는 만들기 어려운, 한 폭의 그림 같은(!) 작품이었다. 만약 앞
서 〈아형〉 멤버들의 멘트 없이 나 혼자 던졌더라면 얼마나 분
위기가 싸했을까? 생각만 해도 오싹하다. 웃음은커녕 방송되
기도 어려웠을 것이다.

난 아나운서지만 예능에 나갔을 땐 즐거움을 주어야 한다는

의무감이 있다. 예능 출연자답게 자신을 내려놓고 예능인들과 자연스럽게 어우러져야 한다고 생각한다. 그래서 무대에서 잠깐 춤추는 장면이 있으면 몇 날 며칠을 연습해서 선보이고 코멘트도 평소와는 다르게 과감하게 던진다.

그런 내 모습을 보고 신인 개그맨인 줄 알았다는 사람들이 많았다. 정말 과찬의 말이다. 개그맨들에게 비하면 내 유머는 아직 새 발의 피라는 사실을 난 정확히 알고 있다. 아나운서라는 반듯한 이미지 덕분에 살짝만 망가져도 더 웃기게 보일 뿐이다. 그 특수성이 돋보일 수 있게 만들어 준 프로그램이 바로 〈아는 형님〉이다. 프로그램 성격에 따라 내 태도나 표현의 과감함이 다를 수밖에 없는데, 〈아는 형님〉에서는 이런 장난기가 빛날 수 있다. 이 모든 것은 제작진과 선배 출연진들 덕분에 가능했다. 이 기회를 빌려 다시금 감사의 마음을 전하고 싶다.

'앉아 씨방새야' 사건 이후 나의 안위를 걱정하는 사람들이 많았다. 실은 나도 녹화를 마치자마자 무거운 마음으로 호동이 형 대기실을 찾아가 송구한 마음을 전했었다. 하지만 정작

호동이 형의 얼굴은 밝기만 했다.

"무슨 소리, 성규! 잘했어. 더 해, 그래야 재밌지."

호동이 형은 그런 사람이다. 프로그램과 시청자를 위해서라면 언제나 희생할 준비가 되어 있는, 〈아는 형님〉이라는 배를 위해 모든 것을 던질 수 있는 완벽한 선장. 문득 호동이 형과 오래전 회식 자리에서 나누었던 이야기가 생각났다.

"성규야, 예능에서 유일한 반칙은 정색이다."

이런 대범한 선장이 있으니 같은 배에 탄 사람 모두가 과감해 질 수 있지 않을까.
〈아는 형님〉은 내 애드리브를 살려 주는 프로그램이기도 하다. 가수 보아 씨의 히트곡인 '온리 원'으로 커플 댄스를 선보일 때도 장장 2주간 연습했다. 나의 신체 특성상 동작이 육중해 보일 수밖에 없었음에도 형님들은 모두 기대 이상이라는 반응이었다. 바닥에 눕는 동작을 할 때는 내 몸집이 가져

온 충격으로 바닥에 깔아 둔 세트가 다 흐트러졌지만, 열심히 하는 모습이 보였는지 오히려 반응은 좋았다. 개그맨들보다야 못 웃기겠지만, 아나운서가 몸 사리지 않고 뭐든 하니까 특별하다고 생각해서 좋게 봐주는 것 같다.

'아는 성규'를 만들어 준 아는 형님들이 너무나 고맙다. 달걀에 노른자가 있다면 〈아는 형님〉엔 '도른자' 장성규가 있다. 〈아는 형님〉 방송 최초로 시청률 5%가 넘는 '김희선' 편에 누가 있었다? 장 집사 나 장성규가 있었다. 다들 이젠 날 안다. '아는 성규'다. '희생하고 헌신하고 싶어~ 쓰고 버리셔도 좋아요' 전에도 그랬고 지금도 이런 마음으로 노래를 부른다.

너무 비굴한 거 아니냐고? 아니! 적극적인 거지! 조금이라도 써 주세요. 다들 나를 너무 아끼는 것 같아. 아껴서 뭐 해? 병풍이라도 좋아요. 피디님 작가님 도망가지 말아요. 한 시간 내내 프리스타일 랩이라도 할 수 있어. 〈크라임씬 3〉에서는 녹화 내내 누워 있는 시체 역도 했어 못 할 게 뭐 있어? 뉴스에, 예능에, 연기까지 하는 끔찍 혼종이라고 불리면 좀 어때. 희귀하잖아! 그래도 이왕이면 깜찍 레어템이라고 해 줘요. 제발~

더 아픈 손가락 〈짱티비씨〉

나에게 〈짱티비씨〉란 유달리 아픈 손가락이다. 〈아는 형님〉 덕분에 실시간 검색어 1위도 해 봤지만 고정이 아닌데 매주 나갈 수는 없었다. 다음 단계를 고민하기 시작했다.

그즈음 디지털콘텐츠팀에서 〈짱티비씨〉를 해 보자는 제의가 왔다. 모험이지만 도전하고 싶었다. 아침 뉴스팀과 아나운서 팀에 말하고 마지막으로 손석희 사장님을 직접 찾아뵀다. 디지털콘텐츠로 크리에이터에 도전해 보고 싶다고 말씀드렸더니 물으셨다.

"네가 원하는 거야?"
"네, 사장님."
"네 뜻이 그렇다면 해 봐."

그리고는 뉴스를 하차하고 〈짱티비씨〉 채널을 만들었다. 직접 운영한 개인 방송이자 JTBC 최초의 MCN 콘텐츠로 매주 아프리카 TV와 페이스북 라이브로 생중계됐다. 평소 1인 미디어에 호기심은 있었지만 아나운서라서 엄두를 내지 못했다. 그런데 마침 회사에서 1인 미디어 사업을 기획해 타이밍이 맞아떨어졌다. 프로그램이라면 뭐든 욕심내는 나지만 제안은 회사로부터 받았다. 물론 덥석 물긴 했지만.

MCN 붐을 타고 아나운서들 사이에서도 보다 획기적인 시도를 하려는 움직임은 많았지만, 그 당시 실행에 옮긴 건 내가 처음이었고 유일했다. 뉴스까지 하차하고 시도해 보기로 했다. '무조건 새로운 것은 다 해 보자'라는 생각은 아니었다. 나라는 사람을 필요로 하는 곳이 있으면 일단 해 보자라는 생각이었다. 내가 필요한 누군가가 있다는 것 자체가 좋았다. 〈짱티비씨〉도 그래서 시작하게 된 '안 하던 짓'이다.

웃기는 예능인도 많고, 웃기는 아나운서도 많지만 '아나운서 최초의 크리에이터', 최고보다 최초, 유일을 추구하는 내 성향에도 딱 맞았다. 아나운서로서 최고는 아직 멀었다는 생각이 든다. 그래서 차선책을 밀기로 했다.

아침 뉴스와 병행하면서 할 수도 있지만 시청자에 대한 예의가 아니라고 생각했다. 엄청나게 까불다가 다음 날 아침에 뉴스를 전한다면 뭔가 혼란스럽지 않을까 싶었고 기왕 할 거면 하나를 선택해서 열심히 해 보자는 생각으로 뉴스에서 하차했다. '당연히 이러다 뉴스를 영영 못 하게 되지 않을까'라는 생각도 들었지만 용기를 냈다.

아나운서로서 뉴스라는 안정적인 플랫폼에서 유튜브라는 모험적인 플랫폼에 도전하는 거라 부모님은 물론 주변 어른들도 반대하셨다. 내가 티비에 나오는 걸 좋아하셨기 때문에 어찌 보면 당연했다. 친한 친구들도 그냥 뉴스 하면서 조용히 지낼 수도 있지 않냐고, 이건 잘못된 선택 같다고 했다. 심지어 아내도 크게 반기지 않았다.

하지만 지금 도전하지 않으면 후회할 것 같아서 과감히 선택했다. '더 나이 들기 전에 망가져 보자!'라는 생각으로. 원래 우유부단하고 잘 휘둘리는 타입인데도 나조차 신기할 정도로 그냥 밀고 나갔다. 조금이라도 젊을 때, 이 시기를 놓치면 못할 수 있는 것들에 대해 생각해 보고 내린 결정이었다. 무엇보다 미지의 가능성을 조금이라도 더 찾고 싶었다.

〈짱티비씨〉는 처음으로 내 의견이 많이 반영되고 대본에 얽

매이지 않았던 콘텐츠이다. 친근하고 재
미있고 TV보다는 좀 더 수위를 높일 수
있는 콘텐츠 제작도 가능했다.

일주일에 한 번씩 라이브 방송을 했는데
1인 미디어계의 '무한도전'을 만들어 보
자는 생각이었다. 유명 크리에이터들을 만나 그들의 작업을
따라 하는 영상을 찍었다. 실시간으로 페이스북과 아프리카
TV로 볼 수 있게 하고 유튜브로도 업로드했다.

문제는 유저들과의 소통을 핵심으로 잡았는데 처음에는 구
독자가 너무 적어서 실시간 시청자가 열 명도 되지 않을 때가
많았다. 하루 이틀 정도는 괜찮았는데 2~3개월 상황이 지속
되니 마음이 지쳤다.

심지어 이화여대 팬 사인회 편에서는 아무도 나를 알아보지
못했다. "아나운서 장성규입니다. 사인받으러 오세요"라고 부
탁하러 다닐 정도였다. 〈쌍티비씨〉 구독자들이 보면 웃음이
나오는 상황이지만 내 입장에서는 '난감+민망' 그 자체였다.
'이게 아닌데……' 하고 기운 빠져 있는데 "그것 봐라, 내가 뭐
랬니, 이러려고 아나운서가 됐냐, 자괴감 들겠다" 주변 사람들

에게서 걱정 섞인 말을 들었다. 그런 말을 들으니 오기가 났다. 그때부터는 라이브를 접고 1~2분짜리 짧은 영상, '짤'을 퀄리티 있게 만들었고, 이것으로 호응도도 높아졌다.

처음에는 인터넷 라이브가 내게는 좀 어려웠다. 아나운서 신분에 BJ처럼 과감하게 할 수 없었다. 그렇다면 좀 더 시간을 들여 느낌 있는 콘텐츠를 만들어 보자 생각하고 방향을 바꿨다. 인스타그램에 올린 랩퍼 비와이 패러디 비디오도 예전에 찍어서 〈짱티비씨〉에 올린 콘텐츠였다. 인지도가 오른 시점에 다시 올리면 반응이 어떨까 궁금해서 다시 업로드했는데 조회 수가 폭발적이었다.

구독자와의 소통에도 좀 더 무게를 두었다. 방송을 보는 분들의 이름을 불러 주거나 가능한 댓글에 일일이 답변했더니 반응이 좋았다.

다양한 시도도 했다. 그 일환으로 패스트푸드 다이어트를 기획했다. 하루 세끼를 패스트푸드 음식으로만 먹는 콘텐츠였다. 당시 t 본부의 〈삼시세끼〉가 핫했는데, 나는 패스트푸드 브랜드를 하나 정해 〈맥날세끼〉라는 이름으로 도전했다. 물론 협찬 없이 진행했다. 협찬을 받으면 건강을 해쳐도 쉽게 말할 수 없기 때문이다.

처음 며칠은 참 맛있고 즐거웠다. 하지만 혹시나가 역시나였다. 2주 정도 패스트푸드만 먹었더니 살은 조금 뺐지만 변비가 왔다. 피부에 트러블이 생기고 건조해졌다. 무기력했고 스트레스는 극에 달했다.

그래서 제작진과의 회의 끝에 편의점 음식으로 바꿨다. 이름하여 〈씨유세끼〉! 같은 이유로 협찬 없이 진행했는데 편의점에는 과일, 견과류, 밥 등 다양한 메뉴가 있어서 패스트푸드만 먹을 때보다는 건강에 해롭지 않을 것 같았다. 그 결과 십만 뷰 이상 기록한 클립도 많았고 살도 적당히 빼는 등 나름 성공적으로 프로젝트를 마무리할 수 있었다.

화제가 됐는지 해당 편의점에서 회사로 모델 제안이 왔다. 비록 무보수였지만 전국 편의점에 내 얼굴이 걸린다는 것에 방점을 두기로 했다. 그리고 며칠 뒤, 모델이 된 나는 설레는 마음으로 편의점에 갔다.

'정성규 아나운서'

그렇게 나의 성이 전국적으로 희롱됐다. 처음에는 좀 불쾌하고 서운했지만 이것도 콘텐츠로 승화시키기로 했다. 예상보다 많은 분들이 좋아해 주셨다.

jangsk83   씨유세끼 이후 씨유 모델이 됐다. 하지만 이름이…

#정성규#성희롱

씨유세끼 성희롱 콘텐츠가 기대 이상 관심을 받았고, 그와 비슷한 상황이 생기면 무조건 인스타에 올리기로 마음먹었다. 그런데 며칠 지나지 않아 그 다짐을 실천할 기회가 생겼다. 기사가 하나 났는데, 이번엔 성이 아닌 이름을 바꿨다. '성규'가 아닌 '성욱'으로 다시 태어난 순간이었다. 어감상 비슷하지도 않은데 참 신기한 일이었다.

하지만 이제는 조금도 불쾌하지 않고 그저 반가웠다. 미끼를 던져 준 기자가 고맙기까지 했다. 기사에 포함된 광고는 포토샵으로 지웠지만 기사를 작성한 기자 이름은 지우지 않았다. 실제로 관심을 받고 싶어하는 분이길 기대하면서. 철저한 나는 기사 URL도 빼놓지 않고 적어 두었다. 역시나 반응이 좋았다.

이제는 누군가가 나를 주제로 콘텐츠를 작성할 때 틀려 주기
를 기다리기 시작했다. 물론 시간이 지날수록 그런 일이 줄어
들기를 바라는 마음도 함께다.

jangsk83   잇츠 대댓 타임마

vortex0628 ㅋㅋㅋㅋㅋ 기사마저 웃기시는 분 ㅋㅋㅋㅋ

            뉴스는 이제 못하실 듯 ㅋㅋㅋㅋ

〈짱티비씨〉를 하면서 광고 모델까지 하며 잘된 경우도 있었지
만 초반에는 민망한 순간도 많았다. 개국을 앞두고 생방송으
로 인터뷰 섭외를 하러 다녔는데 실패를 반복해서 지친 적도
많았다. 인지도의 중요성을 절실히 느끼는 하루하루였다.
"혹시 저 아세요?"로 시작해 처음 보는 사람들에게 말을 걸다
보니 얼굴이 자꾸만 얇게 깎이고 또 깎이는 듯한 기분이었다.
나름대로 얼굴이 두껍다고 생각했는데 나중에는 어찌나 화
끈거리던지. 왜 나를 보고 도망부터 가는지……. 크리에이터'
의 길은 멀고도 험했다.
무작정 섭외에 나선 지 네 시간 만에 나를 알아보고 사인을

요청하는 분을 만났을 때는 눈물이 앞을 가릴 뻔했다. 카드 결제할 때 빼고는 할 일 없었던 사인을 급조해서 해 드렸던 기억이 난다.

'정말 고마웠어요. 제 사인 버리지 마세요. 제발.'

특히 세일러문 복장으로 여중생들 앞에서 춤을 추거나 '아바타+몰래카메라' 콘셉트로 지나가는 여자분께 전화번호를 물어보는 미션은 역대 최고급으로 민망했다. 유명한 사람이 한다면 재미있을지 몰라도 당시 인지도도 별로 없는 내가 그랬다가는 그냥 이상한 '돌+아이'가 될 것 같아서였다. 지금이라면 할 수 있을 것도 같지만 그때는 도망가고 싶었다. 그래도 〈쌍티비씨〉 일이라면 뭐든 다 할 준비가 되어 있었고 일단 해 보겠다고 나섰다.

처음 약속했던 10개월을 모두 채우고 〈쌍티비씨〉를 종영했다. 과정은 험난했지만 결과적으로는 잘한 일이었다고 생각한다. 대성공으로 보기 어렵지만 대실패도 아니었으며, 무엇보다 장성규가 있는 한 장성규의 채널은 아직 끝나지 않았으니까.

한동안 부서진 멘탈을

주섬주섬 정리하는 시간을 보냈다.

하지만 내 선택을 믿는다.

내가 내 선택을 믿지 않으면 누가 믿어 주겠는가.

짱이여 영원하라!

오늘을 살자

많은 사람들에게는 '삶의 방향', 크고 작은 '인생 목표'가 있다. 그래서인지 인터뷰를 할 때면 '아나운서로 이루고 싶은 목표'를 묻곤 한다. 기자들은 방송에서 보여지는 장서규다운 답을 기대하면서. 하지만 내게는 거창한 목표가 없다. 인생 목표는 단순하다.

'오늘을 살자(주의 : 오늘만 살자 아님).'

오늘 주어진 일을 열심히 해내는 장성규가 되고 싶다. 방송 베테랑이 되는 날이 온다고 해도 지금처럼 하루하루를 충실하게 살 수 있는 방송인이 되었으면 좋겠다.

방송 초창기 시절에는 일이 잘 풀리지 않아 걱정으로 밤을 지새운 날도 많았다. 하지만 걱정한다고 상황이 변하지 않는다는 걸 잘 안다. 이제는 다 좋은 쪽으로 잘되고 있다고 나를 다독이며 잠을 청한다.

걱정하면서 시간을 보내느니
내일을 준비하는 게
더 나은 길이라는 걸 배웠기 때문이다.
사실 돌아보면 걱정했던 일은 거의 일어나지 않았다.

 아나운서가 되기로 결심한 순간도, MBC 〈신입사원〉 오디션 최종 3인에서 떨어지고 JTBC에 붙은 일도, 슬럼프로 고민할 시간을 갖게 된 것도 제대로 된 방향으로 가는 과정이었다. 덕분에 좋은 결과를 얻었다.

다만 개인적인 바람은 있다. 주어진 상황에 만족하지 못해도 당장 어떻게 할 수 없는 상황이라면, 자책하면서 후회하지 않았으면 한다.

또, 먼 미래가 아닌 현재를 보며 무엇으로 행복을 채울 수 있을지 고민하고 찾는 지혜로운 사람이 되었으면 좋겠다. 주어진 상황에서 어떤 행동을 취해야 가장 아름다울 수 있는지도 본능적으로 알기를 바란다. 방송인을 떠나서 가정적으로도 좋은 어른이 되었으면 한다.

건강한 사람이 되고도 싶다. 몸도 마음도 건강해서 보는 사람
들을 즐겁게 해 줄 수 있는 사람.

인생을 살다 보면 걸음을 내딛기 힘든 팍팍한 날들도 있겠지
만 그 속에서도 살 만한 순간을 만들고 싶다. 그렇게 만든 시
간을 다른 사람들과 공유하고 싶다. 인생은 혼자가 아니라 함
께 가는 거니까.
겸손하면서도 자신감 있는 아나운서가 되고 싶다. 그저 웃기
는 놈이 아니라 늘 흥미로운 사람이 되고 싶다. "이런 것도 하
는구나. 이럴 수도 있구나. 나쁘지 않네? 그래 저런 건 장성규
니까 하는 거다"라고 자연스럽게 인정받는 날이 왔으면 좋겠
다. 모두가 기특해하는 "참관종'이 되는 그날까지 열심히 관
심 끌어 봐야지.

그동안 잘하지 못했어도 앞으로는 잘하고 싶다.
책에 쓰면 기록이 되니까
성격상 어떻게든 지키지 않을까.

○ 난 일 많다고 티 내는 스타일이 넘 싫다.
○
● #사무실에서#행복한나

#20시간녹화
#10년만에
#코피퐈

4

관종이라도
괜찮아

좌절을 극복하는 방법 같은 건 없었다.
견디고, 버티고
하루하루 내가 해야 할 일을 하다 보니
지금 자리에 있었다.

믿었던 사람들이 내 진심을 오해하면
늘 힘들고 괴로웠다.
힘들어하는 나를 다독이기보다는
적극적으로 돌파구를 찾지 못하는
내가 한심스러웠다.

시간이 많이 흐르고서야 알았다.
버티는 것도

꽤 대단한 일이라는 걸.

소심쟁이 아나운서의 '관밍아웃'

어린 시절부터 칭찬을 받으면 좋았다. 정확히 언제부터 그랬는지 기억이 나지 않는다. 아무래도 '모태관종'이 아닐까?' 처음에는 내가 관종이라는 걸 인정하기 어려웠다. 관심을 끌고 싶어 SNS를 열심히 하면서도 그런 성향을 들키기 싫었다. 그런 내가 관종임을 인정하게 한 사람이 있었다. 바로 전 JTBC 조수애 아나운서다. 내가 매일같이 SNS에 사진을 올리자 어느 날 조 아나운서가 물었다.

"선배, 혹시 진짜 관종이세요?"

속으로 헉 소리가 났다. 뜨끔해서 "너는 무슨 말을 그렇게 하니?" 정색하며 아닌 척했지만 이미 다 들킨 기분이었다. 나만 몰랐지, 들키고 싶지 않은 비밀을 온 세상이 이미 다 안다는 걸 깨달은 느낌이랄까. 그래서 고민 끝에 순순히 인정하기로 했다.

"그래, 나 관종이다!"

'관밍아웃' 하면서 병아리 눈물만큼 남은 근엄한 척을 탈탈 털어냈다. 아홉 살이나 어린 후배에게 불시에 정곡을 찔려 좀 당황스러웠지만 결과적으로는 잘된 일이었다.

관종이란 '관심 종자'를 줄여 이르는 말이다. 특이한 행동을 해서 사람들에게 관심 받고 싶어하는 사람을 속되게 이르는 말이다. 관종은 체면을 중시하는 우리나라에서 부정적인 단어였다. "적당히 무난하게 살지, 왜 나서서 체면 깎일 짓을 할까?"라는 야유가 묻어 있다.

실은 나도 그랬었다. 어린 시절부터 사람들에게 관심받고 싶었지만 늘 스스로를 검열했다. 친구들 사이에서는 하고 싶은 대로 눈치 보지 않고 행동했다. 하지만 조금이라도 격식 있는 자리에서는 내 안에 있는 관종과 사람들의 시선 사이에서 늘 갈팡질팡했었다.

그러다 보니 이도 저도 아니게 될 때가 많아서 두고두고 후회했다. 무슨 말을 하고 싶어도 스스로 눈치를 보면서 우물쭈물하다 끝나 버리고 말았다.

하지만 이제는 관종임을 대놓고 밝히며 보통 관종이 아닌 '참관종'을 표방한다. 나를 드러내고 싶다는 내 마음에 솔직해지기로 했다. 이쯤 되니 대놓고 SNS에 내 본능을 발산하면 사람들의 반응이 어떨지 궁금해졌다.

jangsk83   얼굴만 믿고 까불던 시절 #얼까절
            내가 오늘 왜 이렇게 멋진지 아시는 분 #훈남냄새풀풀

다행히도 글을 올릴수록 재미있다는 반응이 많았다. "이런 관종이라면 환영이다"라는 댓글을 보고 자신감을 얻었다. 오히려 솔직해서 좋다는 격려도 들었다. 방송인은 대중에게 관심을 받아야 하는 직업인데 긍정적으로 봐 주니 신나고 안정감도 느꼈다. 그래서 앞으로는 관종이 가진 특성에 순기능을 더하는 존재가 되겠다는 각오(?)다.

관종에게 배울 점도 있냐고 묻는 사람도 있는데, 물론 있다!

되도록 많은 사람의 관심을 모아서 의미 있는 일을 할 수도 있다. 방송인으로서 사람들에게 신나고 살맛 나는 시간을 선물하고 싶다. 그래서 가장 보람 있는 순간은 열심히 생각하고 연습해서 준비한 멘트나 행동을 다른 사람들도 좋아할 때이다.

좀 힘들고 어려워도 내가 즐겁게 하면
많은 분들이 웃을 수 있고,
그중에서도 몇몇 사람 정도는
마음의 위안도 얻을 거라고 믿는다.
그렇게 생각하면 다시 기운이 난다.

얼굴만 믿고 까불던
나의 리즈 시절
#미니홈피에서 #발견

네티즌으로부터 '싫지도 밉지도 않은 유일한 관종'이라는 칭찬도 받았다. 나의 관종을 세상 밖으로 끄집어 내 준 조수애 전 아나운서, 아주 고맙다. 지금은 폐지됐지만 내 이름을 걸고 만들었던 〈쩡티비씨〉의 조회 수 TOP 콘텐츠는 조수애 아나운서 출연 분이 다수를 차지한다. 그녀의 덕을 많이 봤다.

조 아나운서는 외모도 예쁘지만 마음이 더 예쁜 착한 친구다. 당당하고 소신 있는 성격으로 가장 아끼는 후배이며 잘될 것이라는 믿음이 있었다. 그래서 더 부탁을 자주 해 귀찮게 했다.

이제는 너무 바빠서 허덕일 때도 있지만 그럼에도 내 일이 좋다. 힘들어도 내가 필요한 곳, 나를 필요로 하는 사람들이 있어서 좋다. 점잖고 품위 있는 아나운서로 무난하게 살 수도 있지만 관종으로 타고난 걸 어쩌겠나. 나 자신을 부정할 순 없으니 인정해야 한다.

#인~저엉!

○ 내가 눈곱 떼는 모습에
◎ 많은 분들이 원래 알이 없냐며 놀라신다.
● 그렇다, 내 안경은 '노 알'이다.
시력이 1.5이기 때문이다.
내게 안경은
저스트 패션일 뿐이다.
#저패뿐
#적폐아님
#머스크리퍼블릭

슬기로운 SNS 생활

내게 SNS는 '소통' 창구다. 팔로워들이 SNS에 달아주는 댓글을 보면 힘이 난다. 선한 사람의 댓글은 한 사람의 마음을 어루만져주기에 충분하다. 팔로워들이 내게 호의를 선물했으니 나도 SNS에서 소통의 즐거움을 선물하려고 한다. 나를 꾸준히 지켜보기로 결정해 준 것이 고마워서.

SNS를 시작한 초기에 비하면 최근에는 댓글도 꽤 많이 달린다. 선플에만 답하지 않고 악플도 캡처해서 대댓글을 단다는 점에서 남들과는 좀 다르다. 이런 방식을 좋아하는 팔로워들이 꽤 늘어나 지금은 더 많이 하는 편이다.

대놓고 여기저기 '관멍아웃'을 해서 그런지 포털이나 SNS 댓글도 많이 바뀌었다. 예전에는 비아냥거리는 댓글이 많았다. "이렇게 가벼운 애가 무슨 아나운서야? 아주 튀고 싶어서 오버를 하네." 하지만 지금은 뭘 해도 재미있어 해 주신다.

"아나운서가 하니까 반전이다. 예능감 있다" "친근감 있고 좋다"라며 좋게 봐 주는 분들이 더 많아져 참 신기하다. 무반응,

무플의 암흑 시대를 지나 악플의 시대를 거쳐 선플의 시대를 열었으니 기쁘고 신이 날 수밖에!

누군가 나에 대해 선입견을 가졌더라도 있는 그대로의 모습을 보여 주면 된다는 걸 이제는 알게 됐다. 하지만 방송계 입문 초기에는 무반응 혹은 악평을 받았을 때 높이나 두께가 가늠도 안 되는 깰 수 없는 벽 앞에 서 있는 기분이었다.

어떻게든 벽 너머로
가야 한다는 건 알겠는데 넘을 수 있는지,
포기하고 멀리멀리 돌아가야 하는 건 아닌지
알 수 없었다.

학창 시절에는 재미있고 재치 있는 녀석이란 평판을 얻었다. 하지만 아나운서가 되고서는 '프로의 세계는 달라도 너무도 다르다'는 걸 느꼈다. 주눅이 들어 아이디어를 내도 시도하기가 어려웠다. 용기를 내서 좀 과한 행동을 하면 가끔은 오해하는 분들도 있었다. 내게 부족한 면은 있어도 최소한 악의적인 의도는 없다는 걸 알아주셨으면 했다.

하지만 그 마음을 전할 방법이 없어서 더 답답했고, 그때부터 SNS를 적극적으로 하게 되었다. 보는 사람만 보더라도, 단 몇 명만 공감해 주더라도 내 진심을 전할 수 있어서 마음이 조금 나아졌다.

SNS는 기대 이상의 효과를 주었다. 내 공간에 '내 편'들이 하나둘 모였다. 열성 팬처럼 앞에 나서지는 않지만 은근 슬쩍 응원의 글을 보내 주는 팔로워들이 생긴 거다. 익명이라는 SNS 특성을 악용해 인신공격성 말들을 다는 악플러들을 보면, 내가 대응하기도 전에 먼저 나서서 제지하거나 악플러들이 잘못 아는 부분에 설명을 덧붙여 주기도 한다.

사람에게서 얻는 기운이란 참 따뜻해서
몸과 마음이 춥고 지친 날에도 지탱할 힘을 준다.

가족이나 지인이 아닌데도 꾸준히 나를 지켜보고 적재적소
에 필요한 부분을 챙겨 주는 상대가 있다는 건 참 행복한 일
이다. 방송을 하지 않았다면 몰랐을 수많은 분들이 내 편을
들어주고 나를 기다려 준다. 그래서 난 그들을 '팔로워'라기
보다 '친구'로 여기게 됐다. 비록 얼굴도, 어디에 사는지도 모
르지만 그들이 남긴 글로, 말로, 사진으로 충분히 그 마음을
느낄 수 있으니까.

내 SNS 친구들은 참 다양하다. 아나운서 준비생, 부부가 둘
다 팬이라는 분, 나처럼 재미있게 살고 싶다는 대학생, 남자 친
구가 질투해서 대놓고 팔로워를 못 한다는 직장인……. 처음
에는 여성 팔로워들이 많았는데 요즘은 남성들도 많다. SNS에
서 나를 '형'이라고 부르는 동생들은 나를 재미있는 동네 형으
로 대하는 느낌이고, 나이가 지긋한 분들은 나의 이런저런 활

동을 모니터링하며 귀여워해 주는 느낌이다.

한번은 팬이 내 얼굴을 넣은 폰 케이스를 만들어도 되는지
물어봐서 바로 오케이를 했다(그런데 6개월째 소식이 없는 게
아마도 실패한 듯하다). 스타들이나 만든다는 굿즈라니. 가끔
캐릭터 그림을 그려 주는 분들도 있는데 정말 고맙다. 선물을
받으면 카톡 프로필부터 선물 받은 그림으로 바꾼다.

볼 때마다 신이 나니까.

내게 힘이 되어 주는 랜선 임마들

방송 초창기에는 나를 모니터링할 생각을 못했다. 방송에 많이 나가고부터 그 반응이 궁금해서 포털사이트에 이름을 검색해 보니 기사가 꽤 있었다. 신기하기도 하고 자랑하고도 싶은 마음에 기사가 올라올 때마다 신이 나서 바로바로 SNS에 올렸다. 그러다 보니 나도 못 보고 지나친 기사를 찾아서 알려 주는 분들이 생겼다.

'네가 좋아하는 거 여기 있어. 보내 줄게' 그런 느낌이었다. 그 마음이 고마워서 바로바로 내 SNS에 올렸다. 그 후로 제보가 줄을 잇기 시작했다. 이제는 누가 먼저 제보했는지 메시지로 다툴 정도다. 내게 온 인스타그램 다이렉트 메시지를 공개해도 재미있을 것 같았다. 몇 개를 캡처해 올렸더니 다이렉트 메시지도 부쩍 늘었다.

다이렉트 메시지를 보면 어떤 사람들이 내게 관심이 있는지, 궁금한 건 무엇인지를 알 수 있어서 더 좋다. '저도 관종이에요'부터 시작해서 '형 좋아해요', '보면 멋있어요' 등 관심어린

고백(!)도 있고, '제 메시지도 캡처해 주세요'하는 애교 있는
요청도 있다.

내가 올린 글에 댓글이 달리고 그 글에 또 내가 댓글을 달고,
서로 모르는 사람들끼리 서로 댓글을 달기도 하면서 그 공간
에서 신이 난 사람들을 보면 내가 더 신이 났다.

한번은 인스타그램에 책 제목을 공모한 적이 있는데, '알아서
정해 임마', '관종이라도 괜찮아 임마' 등 다양한 의견이 달렸
다. 댓글에 의견을 달고 서로 칭찬하기도 하면서 수백 건의 의
견이 접수됐다.

이런 장성규식 SNS 운영을 재미있어 하는 분들이 늘어나 거
의 매일 포스팅을 하게 된다. 포스팅을 올리느라 덜 쉬고 잠
을 덜 자도 즐겁기만 한 건, 일방적으로 내 이야기만 하지 않
고 다른 분들의 의견도 실시간으로 볼 수 있기 때문이다.

내 이야기에 자신의 이야기도 같이 녹아 있다 보니 반응이 폭
발하기 시작했고, '내 글도 캡처해서 올려 달라'는 요청이 줄
을 이었다. 반응이 좋을 거라 짐작했지만 이 정도일 줄은 예
상하지 못했다. 그러다 보니 익숙한 아이디가 자주 보이고 서
로 아는 사람들도 생겼다. 뭐든 어디서든 비슷한 사람끼리 모

이기 마련이다. 이쯤 되면 '관종들의 소모임'이다.

아마도 내게서 자신들과 비슷한 모습을 보고 동질감을 느끼는 것 같다. 내게 감정을 이입하고 대리 만족을 느낀다면 그것도 신나는 일이다. 그래서 '장성규 유행어'가 된 '~임마'로 이벤트도 열었다.

사실 난 같은 말을 반복하는 걸 굉장히 쑥스러워한다. 사람들은 잘 모르지만 내가 재미있게 했던 애드리브를 다시 하라고 하면 엄청 쑥스럽다. 하지만 팔로워들이 조금이라도 즐거울 수 있다면 얼마든지! '~임마'를 재미있어 하고 따라 해 주는 게 너무 신기해서 아직도 믿기지 않을 정도다.

jangsk83   #DM으로#임마요청하시면#소정의#임마를

#선물로드리겠습니다임마

그렇다. 내게 '~임마'라는 말을 듣고 싶은 사람들이 응모하는 이벤트다. 인스타그램으로 무려 천 개 이상의 메시지가 왔다. 문장을 '~임마'로 끝내는 말투를 자주 쓰다 보니 이제는 많은 팔로워가 따라 한다.

절대 '인마(이놈아)'가 아닌데 처음에는 오해를 받아서 말투가
그게 뭐냐고 혼난 적도 있다. 쇼타'임'에 여운이 붙은 추임새
같은 건데 생겨난 배경을 모르면 무례하게 느껴질 수도 있는,
좀 위험한(?) 말투이긴 하다.

하지만 이제는 '임마'의 배경이 알려져서 재미있어 하는 분들
이 많다. 고마운 마음을 담아 이벤트 참여자들께 하나하나
메시지를 드리려고 했는데, 참가자가 너무 많아 할 수 없이
복사+붙이기로 '복붙임마'를 선물해 드렸다.

악플을 대하는 자세

나는 악플을 캡처해서 그림판을 이용한 손글씨로 대댓글을 달곤 한다. 이 방법은 좋은 점이 많다. 악플도 독특한 콘텐츠가 될 수 있고, 내가 괴로워하지 않으니 나를 괴롭히고 싶었던 사람이 재미가 없어졌는지(아니면 미안해졌나?) 점점 줄어든다는 것이다.

다른 사람들이 편을 들어주기도 하고 재미있어 하기도 한다. 나도 이유 없는 악플로 마음 아파하지 않고 내 감정을 솔직하게 이야기할 수 있어서 좋다. 대댓글을 달 때 반응을 예상하면서 고민도 하고 실실 웃기도 하고, 또 덩달아 심각해지기도 한다.

〈아는 형님〉에서 로커 분장을 하고 샤우팅을 선보인 적이 있다. 많은 매체에서 '뉴스 빼고 다 잘하는 록스피릿 장성규'라는 관련 기사를 냈고 역시나 기사에 선플과 악플이 달렸다.

'내 노래를 듣고 잘 불러서 깜짝 놀랐다'는 댓글에는 '나둥', 욕을 써놓은 댓글에는 '뭐 임마?', '장성규 또 인스타에 캡처 뜰 것 같다'는 댓글에는 '당근!'이라고 손글씨로 대댓글을 달았다.
누군가는 나를 아나운서 중 최고의 '언어 파괴자'라고 불렀
다. 세종대왕을 노하게 할 '관종대왕'이 바로 나라고. 유행어
나 줄임말, 은어를 쓰는 건 사실 정상적인 아나운서의 언행은
아니다. 하지만 대댓글을 달수록 이 비정상을 즐겁고 재밌게,
긍정적으로 봐 주는 분위기라 죄송하면서도 참 고맙다.

그래서 지금은 감사한 마음으로 '장성규식 신조어와 유행어'
를 과감하게 지르고 있다. 물론 식상한 녀석이 되기 전에 바
로바로 다른 방식을 시도할 생각이다.

조우종 선배 '디스 랩' 에피소드 후 반응을 보니 악플이 달려
있었다. 내 기사가 대부분 무플이었을 때는 '악플이라도 관심
을 받으면 얼마나 좋을까' 했는데 막상 악플을 보니 충격과
슬픔이었다. 나는 관종으로 악플에도 준비된 사람인 줄 알았
는데 '아! 참관종 되기는 아직 멀었구나' 반성했다. '관종계의
간디', '비폭력 무저항주의'로 가기로 재차 마음먹었다.

jangsk83   욕해도 됩니다. 관심 감사합니다.

         관종을 포털사이트에 치면 첫 번째에 장성규가 나왔으면 좋겠어요.

         #참관종 #프로관종 #관종오브관종

줄 수 있다는 것

2017년에는 포항 지진 이재민을 위해 기부했다. 그동안 아들 이름으로 소소한 기부를 한 적은 있지만 이렇게 큰맘 먹고 실천한 건 처음이었다. 힘든 시간을 겪고 있을 누군가에게 작은 위로가 됐으면 했다.

사실 남을 위해 내 것을 포기한 적이 별로 없었다. 가진 것이 별로 없다는 생각에 더 그랬다. 그런데 점점 많은 분들로부터 관심과 사랑을 받으면서 이제는 그 고마움을 돌려드릴 때라고 생각했다.

멀리 포항에서 어려움을 겪는 누군가에게 작게나마 위로가 되기를, 더는 피해가 없기를 바라는 마음을 담았다. 금액은 1천만 원. 30만 원씩 3년간 넣은 적금이 만기가 됐다. 많다면 많고, 적다면 적은 돈이다. 평소 나는 주변 사람들에게 호기롭게 쏘는 편이 아니다. 부모님도 나의 짠돌이 근성을 미화해서 말하곤 하신다.

"우리 성규는 참 알뜰해. 근데 너
　는 옷이 그거밖에 없니? 집에 올 때
　마다 러닝셔츠에 벙거지 모자를 쓰고
　……."

많은 분들께 사랑을 받아 감사한 나날을 보내
다 포항 지진 뉴스를 보고 계속 마음이 쓰였다. 하지
만 나 혼자 결정할 일이 아니었다. 그래서 아내에게 상의했는
데 흔쾌히 허락해 줬다.

　"장성규, 결혼한 이후 제일 멋져 보여!"

생각지도 못 한 아내의 칭찬에 감동했고 바로 실행에 옮길 수
있었다. 사실 생활비를 쪼개 살림을 하는 아내 입장에서는
반대할 수도 있는데 역시 그녀는 남달랐다. 만약 아내가 반대
했다면 다시 생각했을 것이다.
남의 일이 내 일처럼 느껴질 때, 나 자신에게만 집중하며 살아
온 지난날을 생각하면 그저 놀라운 변화다.

'나는 남에게 관심을 가진 적이 있었나' 백 번을 물어도 내 대답은 '아니' 였다. 그 대답이 명확해지자 이제는 누군가의 아픔이 남의 것으로만 느껴지지 않았다. 나는 관심받기 위해 태어난 사람이다. 그런데 희미했던 뒤의 문장이 조금씩 보이기 시작한다.

나는 관심받기 위해 태어난 사람.
그리고 그 관심을 전하기 위해 태어난 사람.

관종 아니랄까 봐 기부하자마자 인스타그램에 바로 포스팅을 했다. 그걸 보고 주변에서도 기부 릴레이가 벌어졌다. 내가 기부하는 걸 보고 자신의 형편껏 성금을 보내는 팔로워들도 많아졌다.
누군가에게 이렇게 좋은 영향을 줄 수 있다는 건 엄청난 기쁨이었다. 그래서 성금 포스팅에 '모범관종'이라고 해시태그를 달았다. 지켜 보던 많은 네티즌들도 '관종의 좋은 예'라며 칭찬해 주었다.

k*****02 '멋지십니다 저도 곧 실행할게요~^^'

jangsk83 "지금쯤 했겠지"

#줬다고만 생각했는데 얻은 게 더 많았다. 용기 내길 잘했다.

'나 혼자 잘 먹고 잘살려고 아나운서가 되려고 한 건 아닌데' 라는 생각에 그간 마음이 편치만은 않았다. 좀 더 많은 사람들을 생각하고 도와주는 사람이 되고 싶다. 최고의 진행자가 되는 것과 함께 내가 이뤄야 할 꿈이다.

이체가 완료되었습니다.

⬆ 공유

받는분	☆ 재해구호협회
	국민/05499072011313
이체금액	10,000,000원
받는통장메모	장성규
내통장메모	재해구호협회

○ 내가 사직서를 낸 다음 날 강원도 산불이 시작됐다.
○
● 강원도 이재민 분들의 피해가 확산되는 동안
난 여기저기서 축하와 격려를 받고 있었다.

며칠 후
갑자기 프리선언 기사가 났다.
내심 강원도 산불 피해가 어느 정도 회복이 되고
기사가 나길 바랐으나 막을 도리가 없었다.
때 아닌 프리 기사임에도
많은 분들이 따뜻한 응원을 아끼지 않으셨다.
감사한 마음이 가장 컸지만 축하를 받을수록
강원도 이재민 분들에게 부끄러웠다.

며칠 전
지금의 나를 만들어준 jtbc로부터 퇴직금을 선물 받았다.

약소하지만 내 퇴직금의 일부가 강원도 이재민 분들에게
적게나마 힘이 되길 바라며.
#모범관종

장성규님이 재해구호협회님
신한은행 562***88600396 계좌로
10,000,000원 입금

○ 2017년 내 인생 첫 기부
○
●

#포항시민분들#힘내세요
#내인생#첫기부
#내적금#기부업
#관종의좋은예
#모범관종

사교성 1.5등급, 눈치는 나의 힘

언제 어디서나 눈치를 많이 보는 편이다. 어린 시절부터 소심해서 타인의 눈치를 살피는 건 숨 쉬듯 자연스러운 일이었다. 대범한 사람이 부러웠고 소심함을 극복해 보려고 역으로 더 사람들 앞에 나서려고도 했다.

그래서 처음 사회생활을 할 때 많이 힘들었다. 내가 나서야 할 것 같고 다 해야 할 것 같았다. 그러나 이 모든 걸 실행할 순 없다. 일단 상대를 편하게 할 수 있는 행동만 했다. 상대가 받아주는 느낌이면 시도하고 그렇지 않으면 일단 멈춤의 반복이었다.

하지만 이제는
내가 편해야 상대도 편하다는 걸 알게 됐다.

'눈치를 본다'는 건 좀 부정적인 이미지다. 눈치 보는 사람으로서 처음에는 좀 창피했다. '너무 다른 사람 눈치를 살피나'

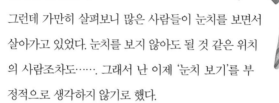

싶기도 하고, 그런 내 모습을 상대방도
알아챌 것 같았다.

그런데 가만히 살펴보니 많은 사람들이 눈치를 보면서
살아가고 있었다. 눈치를 보지 않아도 될 것 같은 위치
의 사람조차도……. 그래서 난 이제 '눈치 보기'를 부
정적으로 생각하지 않기로 했다.

눈치를 본다는 건 주변이나 상대방을 잘 관찰하는 행동이기
도 하다. 자신에게 유리한 점을 좀 내려놓고서라도 상대방에
게 맞춰 주고 편하게, 기분 좋게 해 주고 싶어 한다는 의미다.
이것은 비굴하지도 비겁하지도 않은 태도이다.

대부분의 사람, 좋은 사람들의 성향이라고 생각한다. 그리고
언제부턴가 이왕 눈치를 보려면 사람들을 좀 더 자세히 보기
로 했다. '이 사람은 어떤 점이 좋고 어떤 점이 그렇지 않은지'
를 말이다.

눈치 보기는 방송을 진행할 때도 요긴하게 쓰인다. 자타공인
방송계 일인자인 유재석 선배의 방송을 볼 때면 감탄이 저절로
나온다. 사람들을 배려하면서도 유쾌한 재미를 줄 수 있다는

게 신기하다. 그도 방송 울렁증이 있었고 10년의 무명을 겪었다. 그러한 그를 닮고 싶어서 그를 진지하게 관찰해 봤다.

일단 공백기가 없다. 인기가 있어야 가능하지만 자기관리가 뛰어나고 성실한 사람이라는 뜻이다. 그리고 무엇보다 주변 사람의 감정이나 상태를 잘 캐치하는 진행자였다. 어떤 인터뷰에서도 자신은 출연자들을 많이 관찰하는 편으로, 기분이나 표정 변화를 중점적으로 보면서 출연자의 스토리를 뽑아내는 것이 장점이라고 했다. 좀 과장해서 말하면 눈치 보기의 달인이라는 소리다!

그 이후로 눈치 보는 나를 부정적으로 생각하지 않기로 했다. 좀 더 무난하고 좋아 보이는 말로 포장하지도 않기로 했다. 오히려 이것을 장점삼아 관찰력을 더욱 기르기로 했다. 사전에 출연자들에 대해 검색해 보는 건 기본이고 미리 만나 인사를 건네며 그날의 컨디션을, 눈치를 살핀다. 뭐 어떤가 유느님도 하시는 일인데! 눈치 보는 것도 능력이다. 그런 면에서 나는 초능력을 갖췄다!

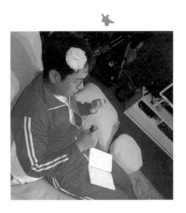

○ 꾸준히 노력한다면 시간이 해결해 줄 거라는
○
● 막연한 기대로 간신히 버티던 날들.
   이제는 나를 알아주고
   기대해 주는 사람들도 있다는 믿음이 생겼다.
   여전히 올라오는 이유 없는 악플을 볼 때면
   억울할 때도 있지만 모든 사람이
   나를 좋아할 수 없으니까.
   내 페이스대로 최선을 다할 계획이다.
   자존감이 올라가니 오징어 같다고 생각했던
   내 얼굴이 잘생겨 보인다.

   #잘생긴
   #오징어
   #잘징어
   #징그러

5

잇츠 융&하준
타임-마

꼭 거창한 뭔가 되지 않아도 돼.
하고 싶은 것을 찾아
그 안에서 성공하지 못해도
괜찮다는 걸 알았으면.

실패도 좌절도 겪을 수 있으니
하고 싶은 건 그냥 다 하기를.
실패도 괜찮은 면이 있다는 걸
알았으면 한다.

하준아,
내가 태어나서 가장 잘한 일은
너의 아빠가 된 거란다.
돈 많이 벌어올게 임마.

234

사랑하는 아내와 하준

아내는 내가 어렵거나 중요한 결정을
해야 할 때 맨 처음 찾게 되는 조언자
다. 그런데 이 심사위원은 비판하지
않는다. 늘 내가 말을 하면 재미있어
하고 좋아해 준다. 그래서 아내 앞에
서 방송에서 할 멘트를 연습하면 자
신감을 얻는다. 잘될 것 같다고 격려
도 해 주어 힘이 된다.

아내는 화가이다. 늘 겸손해하지만 전시회를 두 번이나 훌륭
하게 치른 어엿한 작가님이다. 어렸을 때부터 그림을 그렸고
대학에서 시각디자인을 전공했다. 나와 다른 형태로 자신의
세계를 찾아 차근차근 잘해나가고 있다. 화실에서 그림을 그
리며 즐거워하는 모습을 보면 내가 다 행복하다.
아내의 그림풍은 마치 아내처럼 따뜻하다. 언젠가는 전혀

아내의 사자 그림. 일상의 즐거움을 아는 나와 닮았다.

다른 느낌의 작품이 나올 수도 있겠지만 지금의 그림체는 아내 그 자체 같다. 나는 그림에 영 소질이 없어서 아내를 옆에서 보고 있으면 마냥 신기하고 멋지다.

그래서 아내가 지금처럼 자신의 꿈을 행복하게 이뤄 가기를 기도한다. 아내가 내게 그랬듯이 나도 아내에게 힘이 되고 싶은 마음에 전시회를 하면 꼭 참석해 응원한다. 첫 전시회 때는 나도 긴장했다. 아내의 첫 공식 무대라 나도 그 중요한 무대에 서 있는 것 같았다. 그래서 긴장한 마음으로 전시장을 한 바퀴 돌아봤는데, 그때 그게 괜한 걱정이었다는 걸 알았다.

아내의 작품은 전체 전시 작품 중에서도 눈에 띄는 작품이었다. 거짓말 하나도 안 보태고 아내에게 당신 그림이 제일 손에 꼽히는 작품이라고 자랑스럽다고 말할 수 있었다.

2014년 10월에는 사랑하는 가족이 한 명 더 생겼다. 아내의 선한 마음을 닮은 아들 하준이가 우리 곁에 왔다. 아내는 무려 25시간 동안 진통했다. 출산 당시 아내는 울면서 내 손을 꼭 잡고 있었다. 같이 있으면 조금이라도 도움이 되겠지 했는데 전혀 아니었다.

아내의 진통이 심할 때는 같이 혼이 나가는 것 같았다. 손을 맞잡아 주고 땀을 닦아 주는 일 이외에는 해 줄 수 있는 게 없었다. 진통 막바지에는 방송 제작진과 통화를 주고받아야 해서 더 미안했다.

스케줄 문의로 잠시 자리를 비운 시점에 의사 선생님의 "산모가 위급합니다. 보호자! 보호자!"라는 다급한 목소리가 들려왔다. 모든 일정을 취소하고 자리를 지켰고 다행히 그로부터 30분쯤 후에 하준이를 출산했다. 탯줄을 자른 뒤 아내와 아이를 보니 왈칵 눈물니 나왔다.

"유미야, 정말 수고했어. 고맙다. 깜짝아(태명)!
사이좋게 지내자."

아내도 울고, 나도 울고,
아이는 제일 크게 울고.

갓 태어난 하준

아빠가 된 선배들로부터 감격스러운 출산 순간을 많이 이야기 들었지만, 이 정도로 눈물이 쏟아질 거라고는 생각지 못했다. 태어나 지금껏 단 한 번도 느껴 보지 못했던 감동이었다. 그 순간 우리 가족이 만나 한 공간에 있다는 사실이 너무 행복하고 고마웠다. 이제 어디 가서든 내 아내와 우리 아이를 보호해 줄 수 있는 어른이 되어야겠다는 생각이 들었다. 든든한 울타리가 될 수 있도록 최선을 다하겠다는 마음.

다행히 순산이라 생각보다는 아이 얼굴을 일찍 볼 수 있었고 세 식구가 같이 기념사진과 영상도 찍었다.

'옆에 있기나 했지 별 도움도 안 되는 남편이라 미안해. 앞으로 잘할게. 좋은 아빠, 좋은 남편이 될게. 사랑해. 그리고 우리 엄마, 4.5kg인 아들 낳아서 키워주시느라 고생 많으셨어요. 좋은 아들이 될게요.'

유미야, 아이 낳아서 키우느라 고생이 많지. 그런데 그거 알아. 우리 셋도 좋지만 하준이에게 동생이 생긴다면 얼마나 더 좋을까. 하준이는 유모차를 타는 것보다 미는 걸 더 좋아하거든.

하준아 아프지 마

하준이는 돌잡이 때 돈을 꼭 잡고 놓지 않았다. 게다가 사회자의 멘트를 듣고 하객들이 박수를 치니 따라 하면서 신나 했다. 그 와중에도 돈을 절대 내려놓지 않았다.

그동안 돌잔치를 꽤 가 봤는데 어떤 아이는 내내 울기만 하고, 또 어떤 아이는 잠만 자기도 하고, 돌잡이를 아무리 권해도 물건에 아무 관심이 없기도 하는 등등 별별 모습을 다 봤다. 그런데 하준이는 그날 자신이 주인공인 걸 알았는지 잔치를 제일 신나게 즐기고 있었다.

이런 하준이가 커서 어린이집 학예회를 하게 되었다. 처음 서 보는 무대에서 당황해서 울음을 터트릴까 봐 팁을 줬다.

"하준아, 그냥 목소리를 크게 하면 돼."

무대에 선 하준이는 분명히 긴장한 모습인데 아주 큰 소리로 끝까지 열심히 노래를 부르는 모습이 기특하고 자랑스러웠다.

나는 어릴 때 끼가 없었는데 내 아이는 다르구나 싶어 신기하고 기뻤다. 마치 '진화된 장성규' 같은 느낌이랄까. 사람들과 잘 어울리고 말도 잘하고 모든 면에서 나보다 나은 아이다. 성격 좋은 제 엄마를 닮아 친구들과도 잘 어울린다. 내가 어릴 때 부러워했던 또래 친구들과 잘 어울리는 친구가 바로 하준이었다(자식 자랑에 팔불출이라고 해도 할 수 없다).

하준이 덕에 웃는 날이 있는가 하면 마음 졸이는 날도 있었다. '남자는 아이가 태어난 그날 다시 태어난다'고 누가 말했던가. 아이 덕분에 그리고 아내 덕분에 그 말을 실감했다. '어디 아프지 말고 탈 없이 건강하게만 자라다오'라는 말도 실감했다.

감기가 심하게 걸린 아들이 잠도 못 자고 먹자마자 다 쏟아내며, 기운 없는 모습을 보니 어찌나 짠하던지. 곁에서 머리를 쓰다듬으며 '하준아, 아빠가 대신 아플 게 얼른 나아'라고 계속 되뇌었다.

하준이가 뛰다가 넘어져서 약지 뼈에 금이 가서 깁스한 적도

있었다. 가슴이 철렁했다. 조그만 손에 깁스라니. 최근에는 유
치원에서 코를 다쳐서 속상한 적도 있었다. 애들은 다치면서
자란다지만 흉터가 약간 생겨서 더 속이 상했다.

아이 키우는 일에는 아내가 나보다 대범하다. 거의 혼자서 하
준이를 챙기고 살펴서 다치면 더 마음이 아플 텐데 "남자애
가 놀다 보면 그럴 수도 있지" 하며 안절부절해하는 나를 안
심시키곤 한다.

jangsk83   하준이에게 전화가 왔다.

준: 아빠~ 빨리 와서 칼놀이랑 만춰놀이하자~

규: 옹? 만춰놀이? 엄마 바꿔봐요.

융: 응, 여보

규: 유미야 하주니가 만춰놀이 하자는데 뭔 말이지?

융: 망치놀이야 술 좀 그만 마셔.

#응#옥희

아이를 낳아 웃기도 하고 마음도 졸여 보니 문득 '부모님은
나를 키울 때 어떠셨을까' 하는 궁금증이 생겼다. 부모님은
늘 내가 태어나서 지금까지 속을 썩인 적이 한 번도 없다고

말씀하신다.

집안 형편이 넉넉하지도 않은데 재수에 삼수까지 하는 아들을 보면서 속으로 얼마나 마음고생을 하셨을까. 삼수할 때는 내 뒷바라지하시느라 은행 대출까지 받으셨다. 그런데도 우리 엄마는 내게 공부하라는 말을 한 번도 하신 적이 없다.

나는 정답이 딱 떨어지는 과목을 좋아해서 수리영역 점수가 좋았고 언어영역 점수가 유독 낮았다. 아나운서들은 대개 반대인데 말이다. 삼수생 때 수능 답안을 맞춰 보니 언어영역을 제외한 과목은 기대 이상의 성적을 받았다.

하지만 시간이 모자라 답안을 제대로 쓰지 못한 언어영역은 미지수였다. 수능 성적표를 받을 무렵에도 내 목표치만큼 언어영역 점수가 나오지 않은 걸 눈치채신 엄마가 말씀하셨다.

하준이가 깁스를 했다. 아들아
#아프지 마

"정 아쉬우면 삼수 아니라 사수라도 괜찮다. 네가 원한다면 하는 거다."

사수라니, 내가 울음을 뚝 그치고 손사래를 쳤을 정도다. 아이고 어머니 그건 제가 사양할게요!

어느 날은 어머니가 신문을 한 아름 들고 집에 오셨다.

"네 얼굴이 신문 1면에 났잖니. '가보'로 삼으려고 아침
이 오길 기다렸다. 눈 뜨자마자 동네 곳곳을 뒤져서 다
사 왔다."

엄마는 늘 네가 원하는 걸 다 하되 선택에 책임을 질 수 있는
사람이 되라고 하셨다. 아무리 엉뚱해 보이는 꿈이라도 응원
해 주셨다. "이건 아닌데……." 하는 부분도 분명 있으셨을 텐
데 결국은 믿고 맡겨 주셨다. 믿어 주시니 오히려 더 조심하게
됐다. 자유 의지가 생기니 자유를 마냥 받아들이기보다 한
번 더 생각하고 판단해야겠다는 생각이 일찌감치 잡혔다.

내게 부모님이 무서운 존재였던 적은 한 번도 없었다. 그 덕
분에 좀 더 틀을 벗어난 창의적인 생각이나 행동이 가능하지
않았을까 싶다. 그래서 나도 내 아이에게 그런 부모가 되어 주
고 싶다.

○ 이들 잘 두셔서 호강하는 엄빠
○
●
　#효도쟁이
　#효도르

초보 아빠의 마음

하준이에게는 사랑 표현을 많이 하려고 한다. 어른들도 표현하지 않으면 속마음을 잘 모른다. 하물며 보이는 그대로 느끼고 보는 아이들은 더 할 것이다. 어렸을 때 집안 형편이 그리 넉넉하지는 않았지만, 부모님께 넘칠 정도로 사랑을 받았다. 그래서 나도 부모가 되면 아이가 부모님이 자신을 사랑한다는 걸 늘 느낄 수 있게 애정 표현을 많이 해 주려고 한다. 아이와 눈을 맞추면서 자주 하는 말이 있다.

"하준아, 아빠가 얼마나 사랑하는지 알지?"
"네가 얼마나 예쁜지 알지?"
"하고 싶은데 잘 안 돼? 실패해도 돼. 괜찮아."
"지면 화나지? 하지만 져도 돼. 졌을 때 이긴 사람 미워하지 말고 축하해 줘."

요즘은 아이가 궁금한 것도 많고 아빠와 함께하고 싶은 놀이도

많을 때이다. 일한다고 바빠서 아이와
함께하지 못할 때가 많은데 아이 입장
에서는 이해가 안 되고 서운할 때가 있는
것 같다. 한번은 아침에 빨리 출근해야 하는
데 난처할 때가 있었다.

"아빠, 나랑 같이 퍼즐 해요."
"하준아, 아빠 지금 빨리 가야 하니까 퍼즐은 엄마랑 해."

그랬더니 아이가 울기 시작했다. 어쩔 수 없이 집을 나섰지만
종일 마음이 좋지 않았다. 그 일 이후에도 하준이는 몇 번 더
퍼즐을 하자고 졸랐다. 매번 못해 줘서 미안한 마음에 두 번
만 하고 회사 간다고 말하고 아이와 퍼즐을 했다.
그랬더니 정말 딱 두 번 같이 하고는 말했다.

"아빠 두 번 했으니까 회사 가."

그때 비로소 하준이는 약속을 지킬 줄 아는 아이고, 괜한 억

지를 부리거나 떼를 쓰지 않는다는 걸 알게 됐다. 가족을 위해 일하러 가는 거니까, 출근 시간에 못 놀아줘도 이해해 주겠지 싶었다.

하지만 아이가 그동안 회사 간다고 서둘러 나가 버리는 나를 보며 얼마나 많은 시간 서운해하고 아쉬워했을까 생각하며 반성했다.

상대의 입장을 알고 보내 줄 줄도 아는 아이인데, 5분이나 10분 정도라도 함께하기를 바랐을 뿐인데, 그 마음을 헤아리지 못했다. 앞으로는 그러지 말자 다짐했다. 아기라고만 생각했는데 이런 모습을 보니 많이 큰 것 같아 뿌듯하기도 하고 아빠로서 책임감도 느껴졌다.

한번은 이런 일도 있었다. 하준이와 집에 있는데 갑자기 회사에 갈 상황이 생겼다. 아이는 내게 기대고서는 말했다.

"아빠, 나랑 놀아요."

아빠랑 종일 놀 생각을 했을 아이를 생각하니 미안한 마음이 들었지만 시간을 보니 안 되겠다 싶어서 나갈 채비를 했다. 아이는 단념했는지 TV를 보고 있었는데 나가다 말고 문득 돌아보니 아이가 내 뒷모습을 보고 있었다. 눈이 마주치자마자 얼른 TV로 다시 눈을 돌리는 모습을 보니 짠했다.

하준이에게 가서 "아빠 갔다 올게 인사해야지. 하준이 안녕." 했더니 내 쪽으로 돌아보지는 않고 손만 흔들어 줬다. 눈물이 날 것 같아서 그런 모양이다. 아쉽고 서운해도 보내줄 줄도 아는 어른 같은 아이의 모습이 기특하기도 하고 안쓰럽기도 해서 꼭 안고 한참을 쓰다듬어 줬다. 아이는 참 여러 가지 감정을 선물해 주는 존재다.

평소 바쁘다는 핑계로 육아 분담을 많이 못하지만 하준이의 목욕은 내가 시킨다. 태어나 탯줄을 자르고 나서 따뜻한 물에 아이의 몸을 처음 담글 때부터 그건 내 몫이었다. 내가 아침에 샤워하는 습관이 있어 아이에게도 자연스럽게 '아침 샤워'가 일상이 됐다. 처음에는 별로 좋아하는 것 같지 않았는데 요즘에는 나보다 일찍 일어나서 조른다.

"아빠, 나 샤워할래요."

보통 아빠와 아이가 목욕한다고 하면 아이는 욕조에서 놀고 아빠는 아이를 부지런히 씻기는 경우가 많다. 그런데 우리는 조금 다르다. 하준이가 "아빠, 나 안고 가만히 있어" 하면 샤워기를 틀어놓고 한참 아이를 안고 있다. "하준아, 이제 비누칠하자" 그러면 "더 있을래" 하고 폭 안겨 온다. 아이가 폭포처럼 쏟아지는 물줄기를 좋아하는 모습이 귀여워서 좀 더 있다가, "하준아, 이제 아빠 좀 힘든데?" 하면 그제야 고개를 끄덕인다.

아이가 폭 안겨 있는 시간이라 이때 대화도 많이 나눈다.

"하준이 오늘도 엄마 말씀 잘 들어야 해? 그럴 거지?
친구하고도 잘 지내고. 아빠가 하준이 사랑하는 거 알지?"

귓속말처럼 하면 대답을 해줄 때도 있고 가만히 듣고만 있을 때도 있는데 다 듣고 있을 거라 생각하고 많은 이야기를 한다. 아이에게 사랑과 관심을 표현할 기회가 얼마나 있을까 생각해 보면 귀중한 시간이다.

하준이가 아기였을 때는 방송 일로 귀가 시간이 많이 늦었다. 그래서 내가 자신 있는 새벽 시간을 이용해 보기로 했다. 하준이가 아기 때는 매일 새벽에 일어나자마자 분유를 타주고 기저귀를 갈면서 아이 응가에서는 요구르트 같은 냄새가 난다는 걸 알게 됐다. 처음에는 잘할 수 있을까 걱정했는데 막상 해 보니까 그럭저럭 해낼 수 있었다.

생각해 보면 아내도 처음부터 아기 똥 기저귀를 능숙하게 치울 수 없었고, 아기 울음소리를 들으면 밥을 줘야 하는지 잠을 재워야 하는지 몰랐을 거다.

아내는 장인 장모님의 귀한 딸로 그림을 그리는 작가로 살아왔다. 그런 아내가 나와 결혼해서 하준이를 낳고 시행착오를 겪으며 모든 일을 잘 해내고 있다. 나도 아내처럼 조금씩 시행착오를 겪으며 하준이 아빠가 되어가고 있다.

킥보드 타고 즐거운 바깥놀이

꽤 깔끔 떠는 내가
아이 응가를 손에 묻히며 똥 기저귀를 갈고
아이가 흘린 걸 자연스럽게 먹는다.

아이가 내 생일에
옹알거리며 생일 축하 노래를 불러 주고
피곤한 몸을 이끌고 귀가하면
늘 만화 속 주인공처럼 나를 반긴다.
소소하지만 빛나는 나날들이다.

○ 하준이와의 데이트는 언제나 옳다.
● 잇츠 교육 타임마

#오늘의
#교육주제는
#원펀치
#쓰리강냉이

너는 나의 힘

내 SNS에는 하준이 이야기가 많은 비중을 차지한다. 뭘 해도 귀여우니까! 운동하면서 SNS에 올릴 영상을 찍을 때는 동작을 따라 하면서 한 번 더 하자고 조르곤 한다. 그런 모습이 예쁘고 귀여워서 놓치지 않고 SNS에 올린다.

표현이 안 될 정도로 귀여운 모습과 뭉클한 순간이 하루에도 몇 번씩 눈앞을 스친다. 어린 하준이를 어린이집에 보내고 어린이집 담장 너머에 서서 까치발을 하고 한참을 바라본 적도 있다. 아내가 그런 나를 카메라에 담았는데 슬리퍼에 고무줄 바지, 수상한 사람 같은 포즈까지 참 못났다. 사진만 보자면 SNS에 올리고 싶지 않았지만, 훗날 그 사진을 보면서 하준이와 많은 이야기를 할 수 있을 것 같아 업로드했다.

그래서 K 본부의 '슈퍼맨이 돌아왔다' 같은 육아 방송을 보면 아이들과 그런 추억을 만들 수 있는 방송인들이 부럽다. 그냥 봐도 귀여운 아이들의 모습을 편집 과정으로 더욱 더 귀엽게 보여 주니 얼마나 멋진가!

그 영상들을 어른이 된 자녀들과 다시 보면서 느낄 감회를 생
각하니 더더욱 부러웠다. 하지만 섭외가 오기를 기다리느니
차라리 내가 만드는 게 빠르지 싶었다. 생각이 미치자 곧바로
실행에 옮기기로 했다.

마침 〈짱티비씨〉에서 편의점 다이어트 프로젝트를 기획했고
틈틈이 아들과 운동 영상을 찍었다. 그 영상에 〈짱티비씨〉 위
재혁 피디의 손길이 더해지니 남부럽지 않은 사랑스러운 영
상들이 만들어졌다. 우울함, 서글픔, 속상함 등의 부정적인
감정들이 내 안에 들어올 때 이 영상들을 다시 꺼낸다. 그럼
새롭게 시작할 힘이 난다.

하준이는 나의 힘이다. 하준이의 효도는 이미 시작된 거다.
그래서 하준이에게 효도를 더 받을 생각에 〈짱티비씨〉에 섭
외(?)했다. 피크닉을 가는 콘셉트였는데 비가 와서 놀이터가
물바다가 됐다. 로케이션을 변경해서 하준이가 좋아하는 과
자를 잔뜩 골라서 영화관에 갔다. 하준이는 고맙게도 잘 따
라와 줬고 공공질서를 어지럽히는 행동도 전혀 하지 않았다.
아빠와의 시간을 즐겨 줬다.

아이와 함께하는 시간은 어디서 뭘 하느냐도 중요하지만 어
떤 상황이든 즐겁게 보내려는 마음이 중요한 것 같다. 하준이
를 보면 얘가 뭐가 되려나 싶기도 하고, 뭔가 되긴 되려나 싶
을 때도 있다.

하지만 꼭 뭔가 되지 않아도 괜찮다.
하고 싶은 것을 찾아 그 안에서 성공하지 못해도
괜찮다는 걸 알았으면 한다.
커가면서 늘 그런 마음을 갖도록 해 주려고 한다.
실패도 좌절도 겪을 수 있으니 하고 싶은 건 다 하기를
실패도 괜찮은 면이 있다는 걸.

아직은 하준이가 어려서 뭔가를 많이 가르치려고 하지 않는
다. 하지만 말을 하기 시작할 때부터 존댓말은 가르쳤다. 아직
어리지만 다른 사람과 대화할 때 존댓말을 했으면 해서다.
상대를 존대하면 곤란한 일을 겪지 않게 되니까. 알고 보면
다 하준이를 위해서다.

아버지는 아들에게 존댓말을 하는 분은 아니셨지만 모든 면
에서 다정하셨다. 내가 어릴 적에는 대개의 아버지는 엄격하
고 어머니는 다정다감한 가정이 많았는데, 우리 아버지는 엄
하지 않으셨고 기본적으로 사람을 좋아하고 잘 대해주는 분
이라 주변 사람들은 아버지를 칭찬하셨다. 그리고 보면 내가
사람들을 좋아하는 성격은 아버지를 닮은 것 같다.

아버지의 좋은 면을 배워 나도 언젠가는 좋은 아빠가 되어야
겠다고 생각했다. 다만 조금 다른 점이 있다면 다른 누구보다
가족에게 더 잘하고 싶다고 생각했고 그러겠다고 결심했다.
하준이가 자라서 내 나이쯤 될 때 아빠에 대한 기억은 어떤
것일까? 궁금하기도 하고 그걸 생각하면 더 열심히, 즐겁게
그리고 부끄럽지 않게 살아야겠다고 다짐한다.

하준아,
내가 태어나서 가장 잘한 일은
너의 아빠가 된 거란다.
돈 많이 벌어 올게, 임마.

○ 하준이는 아직 아빠가 방송에 나오는 걸 잘 모른다.
○ 그런데 '임마'를 따라 한다.
● 하준이 친구들도 임마를 하기 시작했다.
　물론 내 유행어가 인마의 뜻은 아니지만
　그래도 마음이 무겁다.

#하준아#어린이집에서만큼은#그만해줘
#아빠가#미안해임마

못다 전한 말

처음부터 어마어마한 대작을 내고야 말겠다는 야심은 없었
다. 그건 좀 더 나중에 꿈꿔 볼 만한 일이 아닐까. '그저 지지
리 안 풀리는 삼수생에서 많은 이들이 선망하는 방송국 아
나운서로, 부족한 아들에서 괜찮은 아빠로 조금씩 나아지는
내 이야기를 많은 분들이 읽어 준다면 얼마나 좋을까?' 하는
생각이었다. 그래서 이 책이 조금이나마 자신을 사랑하는 데
도움이 되었으면 하는 바람이다.

그리고 2019년 4월 JTBC를 퇴사했다.
더 다양한 플랫폼에서 여러분께 인사드릴 수 있게 되어
설레면서도 과연 잘할 수 있을까, 두렵기도 하다.
다만 실패는 두렵지 않다.
이미 새로운 도전을 시도한 것만으로도
충분히 나 자신이 기특하고 멋지다.

끝까지 저를 믿고 새로운 길을 만들어 주신

중앙 그룹 어른들께 깊은 감사를 드립니다.

이런 용기를 낼 수 있게 힘을 주신 모든 분들의 얼굴에

먹칠하지 않는 방송인으로 성장할 것을 약속합니다.

사랑한다 임마!

책 전반에 등장하는 사자 그림은

아내가 나와 아들 하준이를 생각하며 그린 그림이다.

나의 첫 책에 기꺼이 함께해 준

아내 이유미 작가와 하준이에게

감사와 사랑을 드립니다.

#책에사자그림을넣은건#이책을#사자는뜻이다

못다한 추천사

늘 흐트러짐이 없는 선배. 가벼워보인다는 평을 듣기도 했지만 실은 자기만의 중심이 확실한 사람이다. 사람을 대할 때 이 사람 다르고 저 사람 다른 사람이 대부분이고 상대에 따라 말도 바뀌고 그럴 수 있는데, 그는 어떤 상황이 닥쳐도 참 한결같다. 상대의 이야기를 경청하는 것은 기본이고 누구에게든 친절하고, 사려 깊고, 최선을 다해 대해 준다. 처음에는 왜 저렇게 남들에게 착하게 보이려고 할까 했는데 오래 보다 보니 그게 아니라는 걸, 겉으로만 그런 것이 아니라 속으로도 정말 그렇게 생각한다는 걸 알게 됐다. 물론 친한 사람에게 장난도 잘 치지만 가만히 보면 아무리 친한 사이라 해도 선은 지키는 사람이다. 그리고 상대의 장점을 잘 발견하고 좋은 걸 봐 주는 사람이다. 누구나 좋은 점과 그렇지 않은 점이 있는데 다른 사람의 좋은 점을 참 예리하게 잘 본다. 그런 사람에게 호감을 갖지 않을 수가 있을까. 그래서 그의 주변에는 늘 사람들이 많다. 흔한 인맥수집가와 달리 내 사람을 세심하게 챙기고 난처함에서 지켜 주려는 곧은 면모도 있다. 그를 오래 봐온 사람들은 아마 다들 수긍할 것이다.

_조수애 전 JTBC 아나운서

장성규 아나운서는 그가 아침뉴스 앵커를 맡고 있을 때 팀에 배정되어 처음 만났다. 나는 당시 대학생 인턴 막내에 불과해 그와는 까마득한 거리감이 있었는데, 늘 먼저 말을 걸어 주고 이름을 부르며 챙겨 줘서 놀랐고 고마웠다. 눈코 뜰 사이 없이 바쁜 생방송 현장에서 인턴을 누가 신경 쓰겠는가? 하지만 그는 신경 쓴다!

그는 초년생에게 필요할 조언을 해 주거나 도움이 될 만한 사람을 소개해 주는 등 많은 도움을 주었다. 사람을 대하는 데에 있어 남다른 면이 있다. 성격이 무척 내성적인 나도 그와는 자연스럽게 여행까지 함께 다니는 형동생 사이가 될 정도로.

방송에서 보여지는 면이 한계가 있는 만큼 보여 주지 못한 좋은 점이 많다. 실은 무척 깊이가 있고 감성적인 사람인데 아직 대부분의 사람들은 모를 것 같다. 아직 그럴 만한 계기가 없었으니까. 시간이 좀 더 지나면 아마 그런 면도 알려져서 더 많은 사랑을 받지 않을까.

_최규찬 JTBC 스포츠 PD